WIE ICH DIE ANGST
VOR DEM TOD WIEDERFAND

Die Deutsche Nationalbibliothek verzeichnet diese
Publikation in der Deutschen Nationalbibliografie;
detaillierte bibliografische Daten sind im Internet über
http://dnb.dnb.de abrufbar.

Herstellung und Verlag:
BoD – Books on Demand, Norderstedt

Zweite, überarbeitete Auflage.
Danke an alle Beteiligten!

ISBN: 9783746061023

Die Hoffnung stirbt zuletzt.
Deshalb wird sie uns alle überleben.

Lebensmüde.

Das Wort lebensmüde hat keinen allzu guten Ruf. Man denkt dabei an Menschen, die gefährlich knapp an einem Abgrund tänzeln, auf Motorrädern viel zu schnell und ohne Helm dahin fahren, oder vielleicht von einem Boot ins Wasser springen, sobald sich ein Hai darunter befindet.

Ich denke dabei gerne an eine dunkle Kneipe, in der Männer um einen Tisch sitzen, sich abwechselnd einen Revolver an die Schläfe halten und abdrücken. In der Trommel des Revolvers befindet sich nur die eine Patrone. Bei sechs Kammern ergibt das eine Chance von eins zu sechs. Verrückt, könnte man sagen. Oder lebensmüde.

Das Gefühl, das man dabei empfindet, sofern man nach dem Abdrücken noch empfinden kann, ist vermutlich der eigentliche Grund bei diesem Spiel mitzumachen. Bei einem Revolver mit tausend Kammern würde sich die Chance natürlich entsprechend erhöhen - was allerdings recht unspannend wäre. Was jedoch, ob sechs oder tausend Kammern, gleich bleibt, ist die Möglichkeit zu sterben. Man dreht die Trommel, sie bleibt stehen. Man starrt dem Gegenüber unentwegt in die Augen, zeigt keine Schwäche. Westernflair auf gut Russisch. Das Gefühl, in diesem Moment sein Leben oder eben den potenziellen Tod selbst in die Hand zu nehmen, ist das Spannende dabei. Wie kann man ohne Weiteres dasitzen und ernsthaft diesem Spiel nachgehen? Sind diese Männer wirklich so unglaublich mutig?

Eine Antwort: Diese Männer haben keine Angst vor dem Tod. Eine etwas andere Antwort: Sie haben nichts zu verlieren.

Das bedeutet nämlich, dass sie keine Angst haben müssen. Nicht um irgendjemanden und nicht um irgendetwas. Sie haben nur ihr eigenes Leben. Und in diesem Moment setzen sie es als Pfand.

Lebensmüde.

Das Wort bedeutet mehr als nur 'ich setzte mein Leben auf's Spiel'. Es bedeutet auch, dass man müde geworden ist, zu leben. Man klettert dann nicht auf lebensgefährliche Felsvorsprünge und riskiert Kopf und Kragen. Nein. Es ist viel schlimmer. Man riskiert gar nichts mehr. Man ist müde. Vegetiert dahin. Die Tage verrinnen, Routine macht sich breit und ist irgendwann der einzige Grund, überhaupt noch am Leben zu sein.

Es war kein besonderer Tag, sogar ein ausgesprochen durchschnittlicher, an dem ich diese Erkenntnis erhielt. Erhielt deshalb, weil ich irgendwie das Gefühl hatte, dass mir das gar nicht selbst eingefallen war. Es kam von irgendwo dahergeflogen und blieb in meinem Kopf stecken.

Ich ging wie jeden Arbeitstag die Straße vor meiner Wohnung entlang, dann links über den Zebrastreifen. Zwar hatte die Ampel gerade geschaltet, aber ich war wichtig genug, doch noch zu passieren. Beeilen musste ich mich deshalb aber auch wieder nicht. Im nächsten Moment stand ein Bus direkt neben mir. Bereits auf dem Zebrastreifen. Der Busfahrer war so bleich geworden, dass ich ihn durch die dunkle Scheibe erkennen konnte. Wir sahen uns einen Moment lang an, ich ging ein paar Schritte zurück und stand wieder auf dem Gehsteig, von dem ich kam. Erst in dem Moment erinnerte ich mich an ein lautes Quietschen, das wohl vom bremsenden Bus kam. Wie ein Echo, das im Kopf umher spukt. Aus dem Bus starrten noch viele weitere erschrockene Gesichter, bis der Chauffeur bereit war, die Fahrt fortzusetzen. Es war mir schon etwas peinlich.

Ich fragte mich, warum um alles in der Welt ich diesen Bus übersehen habe. Und die Frage, die mich noch viel länger beschäftigen sollte: Warum habe ich gar nichts gespürt? Mein Puls war normal, kein Schwitzen, kein schneller Atem. Als ob ich gerade aufgewacht wäre und mich im Bett umdrehte. Fast so, als wäre es mir egal gewesen, hätte mich der Bus nun doch erwischt. Und genau so war es. Es war mir egal. Ich blickte dem Bus nach und stellte mir vor, dass ich blutverschmiert und regungslos am Boden liegen würde. Die Leute schreien umher, man ruft die Rettung und ich, ich liege ruhig im Getümmel und es ist mir egal. Lasst mich verbluten. Oder auch nicht. Was spielt das schon für eine Rolle.

Endlich wurde es grün und ich machte mich weiter auf den Weg in die Arbeit. Emotionslos stand ich meinem Tod gegenüber und dieses Gefühl verkroch sich unbemerkt immer weiter in den Tiefen meiner Hirnwindungen.

Stumm saß ich wie immer an meinem Schreibtisch und in meinem Kopf blieben kaum interessante Gedanken hängen. Mein Körper war im energiesparenden Überlebensmodus. Warum war ich nochmal hier? War das eigentlich meine Entscheidung, mich an diesen außergewöhnlich kalten Tisch zu setzen? Ja, war sie. Ich nahm den Job an, weil ich das Geld unbedingt gebraucht habe. Man sitzt nicht den lieben langen Tag an einem Schreibtisch, weil man sich das so ausgesucht hat. Oder doch? Ergibt doch eigentlich keinen Sinn. Wie könnte ich hier sitzen, wenn ich mir das gar nicht ausgesucht habe? Wie kann ich jeden Tag hier herkommen, wenn nicht ich – der Herrscher meines eigenen Lebens – es mir so gewünscht habe? Immerhin habe ich auch einen Vertrag unterschrieben, ihn mit nach Hause genommen und ihn immer und immer wieder gelesen. Das war doch meine Entscheidung. Oder nicht?

Als mein Kopf endlich etwas weh tat, holte ich mir einen Kaffee und lehnte mich nachdenklich an die Mauer in der kleinen, schäbigen Kaffeeküche der Firma. Überall der deprimierende 70er-Jahre Braun-in-Beige-Farbstil. Wieder und wieder musste ich mich fragen, wie ich hier gelandet war. Gerade noch ein Mitarbeiter, der zur Türe herein kam und jetzt ein Fremder inmitten dieses komplexen Haufens, den ich eigentlich nicht richtig verstand. Ich war so sehr in

Gedanken, dass ich den Herren verpasste, der vor mir stand und bereits eine Zeitlang auf mich einredete. Mein starrer Blick war offensichtlich für ihn kein Hinweis darauf, dass ich nicht auf Empfang war. Zwar verstand ich hin und wieder ein Wort, den Zusammenhang jedoch nicht.

Nach einigen Momenten berührte er mich mit seinem spitzen Zeigefinger an der Schulter.

»Geht es Ihnen gut?«, fragte er, »Sie sind so weiß wie die Wand.«

Ich entgegnete nichts, mein Blick durfte in dem Moment sowieso mehr als genug Aussage gehabt haben. Er redete noch immer und mir kam es vor, als würden seine Augen abwechselnd größer und dann wieder kleiner werden – weshalb ich wieder nicht auf seine Worte achten konnte. Bald verließ er mit einem etwas sorgsamen Lächeln den Raum.

Ich hatte keine Ahnung, was er von mir wollte.

Der Kaffee brachte kaum Wirkung. Also entschied ich, mit einem größeren Briefumschlag von Abteilung zu Abteilung zu gehen. Im Briefumschlag waren nur irgendwelche Zettel von meinem Schreibtisch, jedoch fragte dann keiner was ich mache. Oder wohin ich gehe. Mein Handy zeichnete die zurückgelegten Schritte auf. Bei etwa dreitausend Schritten nach knapp dreißig Minuten ging ich wieder zurück an meinen Platz. Dann habe ich mich wieder einmal um meinen Email-Posteingang gekümmert, indem ich die Emails zur Abwechslung nach dem Absender, seiner von mir angenommenen Schleimfähigkeit geordnet habe.

Kurz vor Dienstende hörte ich, dass einer der Abteilungsleiter seine Runden zieht. Somit suchte ich meine Zeitschaltuhr aus der Lade und stellte sie so ein, dass mein

Schreibtischlicht um kurz nach Dienstende ausgeht, damit man glaubt, ich wäre noch hier. Dabei habe ich meine Jacke längst in einen kleinen Karton gestopft, darüber einige unwichtige Zettel als Tarnung. Am Hinterausgang angekommen, zog ich meine Jacke an und warf den Karton weg.

Als ich die Straße entlang ging – eigentlich genauso wie immer – fühlte es sich an, als ob man mir mit einer Schnur den Hals zusammenzog. Nicht wie ersticken, sondern wirklich wie eine Schnur. Es bleibt einem die Luft weg, aber es war zusätzlich ein Schmerz, der sich quer über den Hals zog. Ich wurde nervös und sorgte dafür, dass mein Kragen locker saß. Ganz schön voll hier. Die Leute – all diese Leute... Sie starrten mich an. Ich war mir fast sicher. Es war nicht zum Aushalten. Immer mehr und immer tiefere Blicke, immer weiter in mich hinein, bis sie meine Seele so offengelegt hatten, um zu erkennen, dass ich sie dafür verabscheute. Jeden einzelnen. Mit ihren billigen Klamotten, die sie um ein paar Euro gekauft hatten, um sich wertvoller zu fühlen. Die, die in den verlogenen In-Lokalen hocken und sich einen Salat in den Mund schieben, der weiter gereist war als sie selbst, um keinem Tier ein Leid zuzufügen. Unter dem Tisch die knallpinken Kunstlederschuhe, unter denen nur die Menschen leiden mussten, die sie hergestellt hatten.
Die Dicken und Verfressenen, denen immer noch die Soße im Mundwinkel hing und die angewidert an den Menschen am Straßenrand vorbei gingen, ohne nur ein Stück ihres Fettes abzugeben.
Aber auch die Leute am Straßenrand, die zu faul waren, um etwas anderes zu machen. Bettelnd und sabbernd wie Gott sie sicherlich nicht schuf, standen sie da und versuchten mit

übertriebener Freundlichkeit einen Euro herauszuschlagen als Tausch gegen ein besseres Gewissen. Ihr wollt nicht der Gesellschaft Knecht sein? Und das macht ihr, indem ihr die anderen Knechte ausnehmt? Konsequent sein heißt etwas anderes. Weg mit dem Geld, weg mit den Bierdosen und dem Gewand. Ab in den Wald und lebt so, wie ihr gerne behauptet zu leben. Würde der Wald nicht auch jemanden gehören.

Meine Güte! Ich stoppte, um durchzuatmen. Es war, als ob mein Kopf platzen würde. Zu viele Gedanken, zu viel Hass und Wut. Über die, alle, alles und mich. Da ich jedem Anzugträger am liebsten eine geknallt hätte, entschloss ich, nicht mit der U-Bahn zu fahren. Die Gefahr war zu groß, noch weitere Menschen darin zu finden. Vorsichtig schlich ich mit gesenktem Blick durch die Menge und suchte meinen Weg durch die kleinsten Gassen hindurch, bis ich sicher sein konnte, dass ich am richtigen Weg war. Bald würde ich zuhause sein.

Es dauerte nicht lange, da kam ich in einen kleinen Park. Die Sonne glitzerte durch die Bäume und es war, als hätte ich die Stadt verlassen und einen Ruhepol gefunden. Immer noch starr und verwirrt setzte ich mich auf die Bank in diesem grünen Dasein. Das Holz der Parkbank war alt und weich, ich fuhr mit der Hand darüber – war mir nie aufgefallen. Die Vögel waren so laut und übertönten alles ringsumher. Erst als ich in diesem goldenen Käfig angekommen war, konnte ich meine eigenen Gedanken wieder verstehen. Ich schluckte aufgeregt, mein Herz schlug schneller und meine Handflächen wurden schwitzig. War es ein Herzinfarkt? Eine Krankheit, die mich in diesen Zustand versetzte? Langsam ballte ich eine Faust um die Anspannung zu bündeln, sah mich ruhig um. Meine Augen waren so weit aufgerissen, als hätte ich etwas Schreckliches gesehen – inmitten dieses Idylls. Es wurde besser, doch ich erschrak, als ein Jogger in scheinbar unmöglicher Lautstärke an mir vorüberlief. Bumm, knirsch, bumm, knirsch. Wie Folter. Ich war der Boden, die Steine, die aneinander rieben, der Schuh, der Gummi, der sich verzweifelt zwischen Fuß und Dreck ausdehnte. Ich war der Wind, der sich hinter dem Jogger verwirbelte und dem wegen all der Dreherei schon richtig schlecht war. Ich war der Schweiß, der ihm den Hals hinunter kroch und sich ein schönes Plätzchen am Shirt suchte. Ich war das Gras, die Bäume, die Straße, jedes einzelne Auto, die Abgase, die grauen Hausfassaden, die dicken Tauben, die Zeitung von gestern im Wind, der Dreck auf der Windschutzscheibe, die Mücken, der Zaun. Ich war alles, ich war alles und das bis ins letzte Detail – einfach alles.

Diese unfassbare Menge an Informationen, an Bewegung, an Masse und Gewicht, an Konfrontation, Zusammenleben und einfachem Sein. Irritiert lief ich weiter, immer weiter, an den lauten Autos vorüber. Ich sah, wie ich als Schmutzpartikel im Profil der Reifen gefangen war. Vorbei an Pfützen und ich wusste, wie sich der Regenwurm darin fühlt. Vorbei an Hunden und ich bemerkte, wie unbeschwert das Leben sein kann.

Vor meiner Wohnung stand eine junge Frau, die ich an jedem anderen Tag als attraktiv angesehen hätte. Heute aber, heute sah ich ihr Gesicht, verbogen von der Gesellschaft, ihre Haut so grob wie ein Gebirge und als sie an ihrer Zigarette zog, flog ich mit in sie hinein. Ich sah wie dunkel, wie leer es in ihr war. Als ich als stinkender Rauch wieder auf die Straße kam, stürzte ich in meine Wohnung. Es war wie immer und ganz anders. Es war dreckig. Es war schmierig. Die Fenster blendeten mich, jedes Möbelstück war der reinste Mist und alles, was ich besaß, war wertloser Schrott. Ich war nicht Zuhause. Ich war in der Hölle.

Mit zitternden Knien versuchte ich, in der Wohnung etwas zu finden, das ich nicht verabscheute. Meine Hände schüttelten sich selbst durch, meine Füße gaben nach und ich knickte langsam auf dem Teppich ein. Mit Verzweiflung und Angst in den Augen, und Panik, die sich anfühlte wie ein grauer Schleier, im Kopf. Mein Körper besaß keine Spannung mehr, mein Kopf war dumpf und nicht mehr zu benutzen. Nachdem ich endgültig am Teppich angekommen war, wurde es schwarz um mich.

Es war ein langer und tiefer Schlaf. So tief – noch nie hatte ich so tief geschlafen. Und so lange, dass ich alles verschlafen hatte. Der Akku meines Telefons war leer geworden, vor Stunden hätte ich in der Arbeit sein sollen und ich hatte sogar so lange geschlafen, dass ich eine Einladung am Abend verpasste. Eine dieser Einladungen, die von irgendwelchen Leuten kam, die man allgemein als Freunde bezeichnet und die gleichzeitig so unwichtig war, dass ich nicht eine Sekunde darum getrauert hatte.

Als ich also mit dem Gesicht auf dem Teppich aufwachte, war es bereits wieder dunkel geworden. Der dumpfe Schein der Straßenlaternen ließ mich meine Wohnung in Umrissen erkennen und mir war übel, obwohl ich seit langem nichts gegessen hatte. Vorsichtig kämpfte ich mich hoch, saß einige Minuten einfach da und irgendwann bemerkte ich, dass ich keinen Gedanken im Kopf hatte. Nichts. Ich war einfach. Einfach da. Erst nach und nach kam mir, was gestern passiert war und mein Kopf schaltete wieder ein. Es war ein eigenartiges Gefühl. Wie ein Schock für mein Gehirn, welches ein solches Denken nicht gewohnt war und dann in einem Moment gleich tausendfach überfordert wurde. Wie ein Buch, dass man 97 Mal gelesen hat und es auswendig kennt und plötzlich bemerkt, dass in den Sätzen oft ein Wort fehlte. Nun kennt man das Wort und setzt es in die Lücken, jedoch erhält das Buch dadurch einen gänzlich anderen und neuen Sinn.

Ich packte mich zusammen und machte wie immer einfach weiter. Im ersten Moment gerade so, als ob nie etwas geschehen war.

Ich ignorierte die Tatsache, dass ich fast 24 Stunden am Boden geschlafen hatte, duschte und suchte mir einige Reste aus dem Kühlschrank, weil ich mittlerweile wirklich hungrig war. Zwar war es schon etwas besser geworden, dennoch waren meine Gedanken noch immer sehr wirr. Mein Kopf ratterte immer und immer wieder durch dieselben Gedanken, kam jedoch auf keine Lösung. Weil auch der Fernseher nicht in der Lage war, mich abzulenken, beschloss ich, mich durch das Niederschreiben meiner Gedanken zu erleichtern.

Mindestens 20 Minuten saß ich da, dachte nach. Meine Gedanken drifteten immer wieder ab, kamen wieder zum Thema zurück, um schließlich wieder abzudriften. Aber auch das war mir irgendwann zu blöd. Ich überblickte den Zettel, fand darauf aber nur einen einzelnen Strich, weil ich mit dem Bleistift abgerutscht war. Zugegeben – ich war nie gut in sowas. Was beschrieb meine Situation am besten? Vielleicht nur einige Wörter? Eine Silbe oder wenigstens ein verdammter Laut? Aber wie schreibt man einen Laut? Soll man das so schreiben, wie man es sagen würde, oder den Laut an sich verbalisieren? Oder ist es dasselbe? Muiumi. Mui – umi. Aber was soll das bedeuten? Moment, ich wollte doch Wörter aufschreiben.

Ich gab vorerst auf. Wo Zettel und Bleistift waren, wusste ich. Sollte mir etwas einfallen, schreibe ich es nieder. Außerdem kam es mir vor, als könnte ich nicht konzentriert denken. Als wäre mein Kopf mit etwas Wichtigerem beschäftigt. Defragmentieren, fiel mir dabei ein. Wie damals beim alten Computer, wo man oft Stunden davor saß und geradezu hypnotisch die blinkenden Kästchen verfolgte.

Irgendwann suchte ich noch was zu Essen und schlief auch bald wieder ein.

Es war etwa Mittag als ich aufgelehnt an meinem Schreibtisch in Richtung Türe starrte. Schon eine ganze Weile. Die Arbeit ging sehr leicht von der Hand, ich war längst damit fertig. Mein Kopf war frei wie lange nicht. Aber ich starrte auf die Türe, weil ich erwartete, dass irgendwer irgendwann hereinkommen würde, um mich zu fragen, wo ich denn gestern war. Aber es kam niemand. Es war niemandem aufgefallen. Ich dachte an die Zeitschaltuhr, welche mein Schreibtischlicht am Morgen auch eingeschaltet hatte, weshalb wohl jeder dachte, ich wäre nur gerade nicht in meinem Büro. Hm. Wie wichtig ich doch bin. Hätte der Bus mich überfahren und ich die Zeitschaltuhr zuvor aktiviert, hätte man es erst nach Tagen oder Wochen bemerkt. Ersetzt durch Technik. In meinem Fall: eine Zeitschaltuhr. Ich kramte meinen großen Umschlag hervor – schon ganz betagt vom ständigen Herumtragen – um meinen Schrittzähler wieder etwas zu füttern.

Wie so oft wanderte ich von Abteilung zu Abteilung. Es war heute irgendwie anders. Zwar ging ich schneller als sonst, aber mir selbst kam es langsamer vor. Die kurze Zeit, in der ich an einer Türe eines Büros vorbeizog reichte, um Dinge zu erkennen, die mir bisher nicht aufgefallen waren. Natürlich konnte ich es nicht beweisen, aber es war mir, als ob ich eine Affäre bemerkte, mindestens zwei Homosexuelle und einer schien mir suizidgefährdet. Leider hatte ich keine Zeit, weiter darüber nachzudenken, denn ein paar Türen weiter warf man mir etwas entgegen:

»Stopp!«

Ich stoppte, trat vorsichtig zurück, um in das Büro meines Abteilungsleiters zu blicken, der mich schon erwartete.

»Kommen Sie herein. Nur einen Moment«, meinte er und ich tat, wie mir gesagt. Er musterte mich einen Moment und setzte immer wieder ein verhaltenes Lächen auf. Irgendwie war er nervös und wirkte recht angepisst.

»Was machen Sie mit dem Umschlag?«

Das war zu schnell gefragt. Ich musste erst überlegen, was ich darauf antworten sollte. Scheinbar dauerte das zu lange.

»Sie wirken nicht gerade als wüssten Sie, was Sie hier tun«, fügte er hinzu.

Etwas beschämt atmete ich ein und räusperte mich, als ob ich etwas sagen wollte. Wollte ich aber sowieso nicht und mein Abteilungsleiter wollte mich auch nicht lassen.

»Wissen Sie, es sind schwierige Zeiten«, meinte er. Zusätzlich machte er eine kleine Pause, um das zu dramatisieren. In der Zeit konnte ich den Satz in meinem Kopf hundertfach überdenken.

»Nachdem wir uns in der Führungsriege die Zahlen des letzten Quartals angesehen haben, konnten wir einen Abwärtstrend erkennen. Dieser muss natürlich kompensiert werden. Wir sehen uns gerade um, welche Mitarbeiter uns Geld bringen und welche uns Geld kosten. Und Mitarbeiter, die nicht genau wissen was sie tun, kosten wohl mehr als sie bringen.«

Wieder machte er eine dramatische Pause.

»Oder was meinen Sie?«

Ich sagte nichts. Stumm blickte ich umher, ich dachte nach. Aber nicht über das, was er dachte, das ich denke. Es fielen mir Sachen ein, von denen mir nicht klar war, dass ich überhaupt davon wusste, aber es war mir noch unmöglich, mich auf etwas davon zu fokussieren.

»Zumindest machen Sie es uns nicht schwer«, murmelte er und sah auf den Schreibtisch nieder, deutete mit einem Wink den Weg aus dem Büro. Da ich aber noch nicht einmal angefangen hatte, war ich bei Weitem noch nicht fertig. Und sein arrogantes Getue war so etwas wie mein Startschuss.

»Darf ich offen sprechen?«, frage ich, er hob langsam den Kopf, sichtlich widerwillig stimmte er zu.

»Ich bitte Sie darum.«

Meine Gedanken waren plötzlich dort, wo ich sie brauchte.

»Man kann Ihnen nur zustimmen. Meine Position ist beinahe umsonst. Mir ist die meiste Zeit langweilig und oft trage ich diesen Umschlag durch die Gegend, damit die Zeit vergeht.«

Ein süffisantes Lächeln machte sich auf dem Gesicht meines Gegenübers breit. Zufrieden atmete er durch, wollte sich auf einen weiteren Satz vorbereiten, aber ich fuhr fort.

»Das liegt aber nicht an mir. Meine Position gibt es drei Mal in vier Abteilungen, denen sicherlich auch gewaltig langweilig ist. Das war aber nicht immer so. Es ist allseits bekannt, dass die Sekretärinnen der Führungsriege für private Sachen missbraucht werden. Die Firmenwägen sowieso. Eigenartig ist auch, dass eine Firma die früher mal etwas produziert hat, heute fast nur noch im Verkauf tätig ist und aus irgendwelchen Gründen eine beachtenswerte Summe in ein Geschäft fehlinvestiert hat, das nicht einmal im selben Bereich tätig war. Aber irgendwer von Ihnen wird im Gegensatz zur Firma schon damit Gewinn gemacht haben. Nicht? Und wenn wir schon von Gewinn reden, dann reden wir mal von den Bonuszahlungen. Wussten Sie, dass Ihr Vorgänger ein knappes Monatsgehalt als Bonus erhalten hat und weniger verdiente als Sie? Wenn man den Zeitraum hochrechnet, so wäre das eine Inflationsanpassung von weit über eintausend Prozent in gerade einmal zehn Jahren. Und Sie sind nicht der einzige. Jeder Abteilungsleiter bekommt ähnlich viel. Ist Ihnen überhaupt klar, dass Sie Leute rausschmeißen, um deren Gehalt einzustreifen – und nicht um Geld zu sparen? Was machen Sie eigentlich, nachdem Sie diese Firma von unten nach oben ausgesaugt haben? Haben sie schon Pläne?«

Es war mir klar, dass er auf diese Frage nicht antworten würde, dennoch überraschte mich sein Gesichtsausdruck.

»Natürlich weiß ich, dass Sie und Ihre Kollegen sich nicht ändern werden. Sie werden nicht auf das Geld verzichten und solange Sie die Zahlen hinbiegen, können Sie rausholen, was geht. Und dann verlassen die Ratten das sinkende Schiff. Sie haben ja nicht mal selber Schuld, wahrscheinlich hat man es Ihnen vorgelebt und auf Privatuniversitäten auch noch beigebracht, wie es funktioniert. Tun Sie was Sie wollen, aber ich tue Ihnen sicherlich nicht den Gefallen und gehe freiwillig. Ich denke, das habe ich verdient.«

Eigentlich wollte ich schon gehen, aber der Kerl erhob sich plötzlich vor mir. Bevor er etwas sagen konnte sprang ich auch auf und wollte noch eins draufsetzen, hab den Beweggrund seines Aufstehens allerdings falsch verstanden.

»Tun Sie mir nur einen Gefallen«, fuhr ich fort, »drehen Sie ihr Namensschild um, lesen Sie den Firmenslogan unter Ihrem Namen und denken Sie darüber nach. Dort steht nämlich nicht das Wort Kunde oder Opfer, dort steht...« – jemand unterbrach und übernahm das Gespräch, indem er den Slogan laut aussprach.

»Mit dem Menschen, für den Menschen.«

Ich erschrak, es war eine tiefe Stimme, die direkt hinter mir über meinen Nacken bis an meine Ohren vibrierte. Der Abteilungsleiter war starr vor Schreck, ich war mit meinem

Schicksal im Reinen und drehte mich um. Es war der Chef. Also nicht einer der Chefs, sondern wirklich der Chef – der Gründer. Seine Stimme verdankte er jahrzehntelangem Rauchen. Sein hohes Alter, weil er damit aufgehört hat. In dem Moment verstand ich auch, dass der Abteilungsleiter nicht meinetwegen aufgestanden war.

»Stehen Sie schon länger da?«, fragte ich den werten, alten Herrn. Dieser schenkte mir zwar keinen Blick, entgegnete aber ein kratziges

»Ja.«

Es war Zeit zu gehen. Schnell, aber befreit, schlüpfte ich am Chef vorbei, den Gang voller ungläubiger Gesichter entlang, zurück in mein Büro. Normalerweise würde ich jetzt zitternd um meinen Job bangend umherlaufen, aber ich war ganz ruhig. Ich legte meine Mitarbeiterkarte ab, genehmigte mir seelenruhig noch einen Kaffee und setzte mich für die letzten Stunden meiner Dienstzeit an meinen kalten Schreibtisch.

Es kamen viele Gedanken hoch, ich sah immer wieder, wie die Hand des Chefs die Bürotüre des Abteilungsleiters von innen schloss. Dann kam das schlechte Gewissen und fast zugleich der Gedanke, dass er es verdient hatte. Das einzige, wobei ich mir nicht sicher war ist, ob ich derjenige war, der darüber richten durfte. Philosophisch, klar. Aber andererseits tat es sonst auch keiner. Fairerweise habe ich mich auch selber gerichtet. Bestätigt wurde das, nachdem der Abteilungsleiter nach mehr als einer Stunde an meine Türe kam und mich verabschiedete.

»Sie wissen wo die Türe ist, lassen Sie die Mitarbeiterkarte da.«

Und schon war er wieder weg. Stress hatte ich keinen, weshalb ich noch meine Kontaktdaten aus dem

Firmennetzwerk löschte sowie Privates mitnahm oder wegwarf. Eigentlich wollte ich auch noch befreundete Kollegen besuchen und mich verabschieden, ich hatte aber keine. Wie habe ich es nur so lange hier ausgehalten?

Lebensmüde.

Müde, zu leben. Zum Leben zu müde. Man fragt sich oft, ob es einen Unterschied machen würde, würde man nicht gelebt haben. Ich spreche nicht nur von den kleinen Unterschieden, die man notwendigerweise heraufbeschwört, wenn man dahinlebt, sondern auch davon, ob der Verlust von einem als Mensch, auch ein Verlust für die Menschheit wäre. Was mache ich schon für einen Unterschied, wenn ich irgendwo in einem Büro hocke und Plastikhundeknochen oder so verkaufe? Ändere ich damit die Welt? Mache ich damit etwas besser? Oder schlechter? Mache ich irgendetwas aus?

Mein Blick hatte sich versteinert, ich stand gerade vor einem Regal im Supermarkt und eine Frau in den Dreißigern starrte mich entgeistert an. Man konnte gut ihr Doppelkinn erkennen, das sie durch ihren Blick noch stärker betonte. Wahrscheinlich hatte sie ihr halbes Leben damit verbracht, Menschen in ihrer Umgebung zu beurteilen – so wie in diesem Moment – und dabei zieht sie ihren Kopf wie eine Schildkröte nach hinten. Anatomisch geschuldet, schafft sie das nicht sehr weit. Dennoch manifestiert sich dieser Zustand in Form eines so weit nach hinten gedrückten Kinns, das beinahe plan mit dem Hals wird und die Haut darunter – wo soll sie auch hin – wird optisch zum zweiten Kinn. Das Doppelkinn. Und das nur, weil dieser Mensch alles komisch findet und sich zurückzieht aus der nicht bekannten Situation. Schaffen tut er es natürlich sowieso nicht. Was er – oder in diesem Fall sie – aber schafft: mir einen dummen Blick zuzuwerfen und dabei ganz schön dämlich auszusehen. Die Manifestierung des Doppelkinns nicht zu vergessen, wie bereits erwähnt.

So stand diese Frauenperson nun da, starrte mich dümmlich an, presste ihren Kopf so weit nach hinten, dass es aussah, als würde man ihr mit einem Brett gerade ins Gesicht geschlagen haben. Ich blickte einfach zurück.

Sie sah mich an, ich sie. Aber nicht lange, denn in einem fast unmöglichen Akt, drückte sie ihr Kinn für einen Moment noch weiter in den Hals, bis sie es mit einem Ruck wieder raus ließ und in einer Kurve um mich herum verschwand. Den Kopf leicht schüttelnd. Eigentlich egal, dachte ich.

Weiter mit dem Einkauf. Ich trug eines dieser Plastik-Dinger, die man im Supermark zum Waren herumtragen bekommt, in meiner Hand. Dieses war rot, der Inhalt erschien dadurch nahezu grau. Als ich dieses hoch hob, bemerke ich doch noch ein paar Farben. Aber gerade so, als wären die wenigen Sachen, die ich bis jetzt in dem Plastik-Ding hatte, in höchstem Maße uninteressant. Etwas irritiert testete ich meine Augen an den Regalen um mich. Da war doch noch viel Farbiges erkennbar. Als erstes suchte ich mir eine ruhige Ecke, wo ich den jetzigen Inhalt meiner Tragetasche entleeren konnte. Dann ging ich entschlossen weiter durch die Reihen des Supermaktes.

Zuhause starrte ich eine Zeit lang in meinen Kühlschrank, dann auf die Rechnung über 127,46 Euro. Nicht gerade schlecht für jemanden, der gerade gekündigt wurde. Nicht alles, was ich gekauft hatte war mir unbekannt, dennoch habe ich zu dem Zeitpunkt zum Beispiel nicht gewusst, was ich mit Couscous anfangen sollte. Da ich müde vom Tag war, setzte ich mich vor den Fernseher und ließ mich so lange berieseln, bis mir die Einkaufstüte auffiel, die ich heute mitgekauft hatte. Weil ich nicht aufstehen wollte um sie zu holen, streckte ich mich über das Sofa, bis ich beinahe hinlangte. Doch nicht ganz. Ich musste meinen Körper weiter über die Lehne pressen, bis ich überkippte, dann mit den Händen am Boden etwas nach vorne ging, bis ich nur mehr mit den Knien am Sofa war. So konnte ich die Tüte erreichen und musste nicht aufstehen.

Nachdem ich mich wieder retour auf die Couch gekämpft hatte, was keinen Deut leichter war, begann ich interessiert an der Tüte zu reiben und riechen. 'Aus Mais' stand darauf. Trotz Reiben und Riechen konnte ich dem auf die Schnelle nicht recht geben. Während der Fernseher mich weiterhin anbrüllte, sah ich mich in der Wohnung um, weil ich dem nachgehen wollte. Nachdem ich den Gedanken, das Plastik-Ding mit dem Feuerzeug anzubrennen, wieder abgetan hatte, griff ich auf meine komplett vertrocknete Pflanze, die mir meine Mutter irgendwann wegen irgendwas geschenkt hatte, zurück. Mit einem Griff konnte ich die Pflanze und die komplette Erde aus dem Topf ziehen. Steinhart. Vorsichtig donnerte ich den Erdball einige Male zurück in den Topf bis etwas Erde darin liegen blieb. Darauf legte ich ein Stückchen dieser Plastiktüte und schloss das wiederum mit dem Retournieren der Pflanze samt restlicher Erde ab. Um das Experiment zu beginnen, musste ich aber noch etwas Wasser darüber gießen, das vorerst kein Interesse hatte, in die Erde einzuziehen. Nach einigen Minuten geduldigen Wartens war die Erde aber endlich bewässert und ich sah das Experiment vorerst als abgeschlossen. Eindeutig Zeit für ein Bier.

Als ich den Kühlschrank öffnete, erinnerte ich mich an die Buntheit, die neuerdings hier herrschte. Verwundert suchte ich zwischen Champignons und Grana Padano nach Dosen. Tatsächlich wurde ich fündig, es dauerte nur länger, da mir keines der Biere bekannt war. Wer hat das denn bitte eingekauft? Es wirkte wie eine Kiste voll bunter Bauklötzchen. Aus der Unkenntnis heraus entschied ich mich für das erste, das mir in die Finger kam. Wenn man jahrelang das gleiche Bier in derselben grauen Farbe trinkt, verwundert das nicht. Bis zu diesem Tag sah ich nicht einmal eine Notwendigkeit für das Vorhandensein weiterer Biersorten auf dem Markt. Ich wurde eines Besseren belehrt. Schlicker Bier war es, ist es und wird es immer sein. So dachten wir. Nicht, dass dieses Bier den Vergleich scheut – eher verabscheut. Nachdem ich über die nächste Zeit auch den Kühlschrank mit den vielen Biersorten leerte – also keineswegs dem Alkohol entsagte –, beschloss ich, mich für eine andere Biersorte zu entscheiden. Und zwar, immer eine andere. Immer die Neue, die Unbekannte. Was wieder ein wenig philosophisch klingt, war nur ein weiterer Schalter, der in mir umgelegt wurde. Ob es das Bier war oder einfach der lange Tag - ich war bald müde und knickte noch auf der Couch weg.

Am Morgen öffnete ich mit einem Mal die Augen. Ich war hellwach, sah auf mein Handy und erschrak. Als mir einfiel, dass ich nicht wieder in die Firma musste, drehte ich mich um und versuchte weiterzuschlafen, aber schon nach wenigen Minuten gab ich auf. Beim Frühstücken kam mir der Kaffee etwas geschmacklos vor, Hunger hatte ich sowieso nicht. In meinem Kopf herrschte ein Rauschen, noch immer ein graues, wirres Denken. Über meine Situation, ein Sorgen über das Morgen und ein Wundern über das Gestern. Schon bald war es nicht mehr auszuhalten. Ich ging in meiner zu kleinen Wohnung herum, räumte Dinge auf die umher lagen, meine Hände schienen etwas zu zittern. Oder taten sie das immer? Beim genauen Betrachten fragte ich mich, seit wann denn meine Hände so alt aussehen. Bin ich denn so alt wie meine Hände? Nachdem ich mich vor den Spiegel gestellt hatte, fing ich an, mich von oben bis unten zu kritisieren.

Meine Haare waren weiter nach oben gewandert, meine Augenbrauen in einem bösen Blick verhärtet, der Wellen schlug bis hoch über die Stirn. Die Augen waren müde und haben zu oft das gleiche gesehen. Meine Mundwinkel zeigten derart nach unten als wäre dieser Mund nicht zum Lachen geschaffen. Der Bart halbherzig rasiert und auch schon etwas grau.
Zwischen dem dunklen, langweiligen Haarschnitt, tummelten sich immer mehr graue Haare, die Zeugen eines halben Lebens waren. Jedes Mal wenn ich zu meinem Friseur ging, gab es die gleichen Sätze, die gleichen Witze und den gleichen Haarschnitt. Es wird nicht mal mehr danach gefragt. Einfach getan. Ist es so irritierend, sich äußerlich zu verändern? Aus dem Stegreif entschied ich, den Haarschnitt zu hassen und den Bart endlich mal wachsen zu

lassen. Egal ob man an Gott oder die Evolution glaubt, beides hat uns den Bart geschenkt und erst der Mensch fing in seiner Unzufriedenheit an, ihn zu rasieren. Außerdem ist es nicht das beste Gefühl, sich jeden Tag mit einer irre scharfen Klinge die oberste Hautschicht zu polieren, um braver auszusehen. Dann tropft man sich Alkohol drauf. Das brennt wie verrückt, lindert jedoch die durch das Rasieren entstandenen Verletzungen. Dann schmiert man sich noch was in die Visage, damit die Haut gepflegt wird. Man hat einen Bart, den man mit Wasser wäscht. Kostenpunkt: null Euro. Zwar wollte ich keinen dieser Bärte, die man dann und wann in der U-Bahn entdecken kann, die aussehen als hätte ein preisgekrönter Profi-Gärtner sie angelegt, aber etwas wachsen lassen würde wohl nicht schaden.

Nachdem meine Gedanken sich endlich nicht mehr um den Bart drehten, bemerkte ich wieder die eigentlichen Sorgen, die mich beschäftigten. Das Dumme dabei war, dass diese nicht fassbar waren. Sie schwirrten umher wie ein Echo, kreuz und quer durch den Kopf. Hin und her, aber man erkennt nur Wörter oder Buchstaben, hört Stimmen aus der Vergangenheit, die einem Situationen aufrufen, die man längst verarbeitet glaubte. Nachdem ich mich auf dem Teppich mitten im Raum niedergelassen hatte, versuchte ich verzweifelt, einen dieser Gedanken zu fassen. Manchmal kam es mir vor, als würde ich mit geschlossenen Augen die Gedanken sehen können. Alles mögliche schwirrte umher, ich versuchte wenigstens, einen dieser unendlich vielen Sätze zu lesen, aber es war mir einfach nicht möglich. Zu viel, zu viel auf einmal. Langsam kippte ich nach hinten, atmete durch und sah auf der Uhr, dass ich mich bereits Stunden damit beschäftigte. Hunger hatte ich immer noch nicht, aber dafür einen brummenden Kopf und es war, als ob mein

Körper langsam heruntergefahren würde. Schwach war ich. Und müde. Ich zog eine Decke von der Couch, deckte mich zu und schwankte mit meinem Kopf zwischen Realität und Schein, im einem Moment sah ich eine verflossene Liebe, im nächsten den matten Lichtschein, der durch das Fenster einfiel. So fühlt sich sterben an, dachte ich. Langsam hinübergleiten in eine fremde Welt, die man sich selbst aufgebaut hat. Wie Träume, die der eigenen Fantasie entspringen, aber oft so fremd wirken wie eine Reise in ein unbekanntes Land.

Dunkel sah ich Häuser vor mir. Ein langer Durchgang führte zwischen diese hindurch, mit einer feenhaften Gestalt. Ich folgte dem Durchgang, am Ende wartete ein gleißendes Licht hinter einem Fenster eines weiteren dunklen Gebäude. Es war eine Schreibtischlampe auf einem leeren, alten Schreibtisch. Ich zerschmetterte das Fenster um hin zu gelangen, doch das Haus brach in sich zusammen und ich stand im nächsten Moment nackt neben einer Guillotine, hoch oben auf einer hölzernen Plattform. Der Henker vor mir, mit einer glänzenden Axt in der Hand. Rundherum Publikum, das mich stumm anstarrte. Keiner regte sich. Es war ein Gefühl, das Schlimmes ahnen ließ. Zwar wollte ich fliehen, aber, wie so oft in Träumen, war es mir unmöglich, mich zu bewegen. Keinen Zentimeter. Immer wieder sah ich erschrocken auf die Guillotine hoch, der Henker schien immer näher und näher zu kommen. Es war Angst, weniger vor dem Henker als vor der Guillotine. Ich starrte und starrte – die Guillotine schien immer größer zu werden. Das Holz knarrte unter dem wachsenden Gewicht der Todesmaschine. Ich wich immer weiter zurück und vergaß den Henker, der hinter mir war. Als ich mich zu ihm umdrehte, zog er bereits die Axt auf meinen Hals durch.

Mit dem Klingeln meines Telefons wachte ich atemlos auf. Erst als ich bewusst nach Luft schnappte, konnte ich mich so weit bewegen, um am Telefon eine Einladung anzunehmen. Auch wenn es womöglich keine richtige Einladung war. Ich kannte Erich schon länger.

In unserer früheren Stammkneipe nahm ich gerade zwei Bier von der Bar und drehte mich zur alten Couch um, auf der wir insgesamt schon Wochen verbracht hatten. Erich saß so lässig da wie früher und ließ sich einladen. Er sah noch immer aus wie ein Student, jedoch im etwa vierundzwanzigsten Semester.

»Schlicker Bier, danke Mann!«, sagte er er, bevor er einen langen Schluck nahm.

»Du warst immer der Beste«, fügte er hinzu. Natürlich war ich das nicht, darauf bin ich schon selbst gekommen. Ich war wohl eher der einzige, der noch hin und wieder was mit ihm zu tun hatte. Der Beste – weil der Letzte. Wie gewinnen, weil alle anderen disqualifiziert wurden. Es machte mir nichts aus, mich dann und wann in die alte Kneipe zu setzen, die über die Jahrzehnte einen Geruch angenommen hat, der unmöglich zu beschreiben und noch unmöglicher zu kopieren war. Das Licht war schummrig, nur an der Bar konnte man Gesichter tatsächlich erkennen. Das kam vielen sehr entgegen. Zwar war ich auch kein Typ wie aus einer Modezeitschrift, in Lokalen wie diesen war sogar ich weit über dem Durchschnitt.

Erich konnte sich wieder mal kein Bier leisten, er war aus der Wohnung geflogen, da er versuchte, den Vermieter mit gestohlenen Kartoffeln zu bezahlen.

»Der Kartoffelpreis ist im Keller, sag ich dir. So zahlt sich das nicht aus. Allein für eine Monatsmiete hätte ich fast 250 Kilogramm Kartoffel auftreiben müssen.« Was der Vermieter mit 250 Kilogramm Kartoffeln anstellen soll, ist dann wiederum eine andere Frage. Er erzählte von einem Typen mit guten Connections, weshalb er recht leicht und locker allerhand Gemüse mit guter Qualität auftreiben konnte. Die ersten Minuten seiner Rede war ich überzeugt, dass er von Marihuana oder ähnlichem reden würde, aber es handelte tatsächlich von Gemüse.

»Ich rauche nichts mehr seit ich damals diesen Unfall hatte«, sagte er mit großen Augen.

»Es war Sonntagnachmittag. Oder Abend. Ich war voll drauf und spazierte den Fluss entlang. Auf der Brücke in der Stadt schrie mich die Polizei mit diesem Lautsprecher an, den sie immer dabei haben. Ich sollte sofort über das Geländer klettern. Eine Zeit lang diskutierte ich mit ihnen, ich verstand nicht, warum ich das machen sollte und sie verstanden mich auch nicht, weil ich nicht mehr klar redete.

Es stellte sich heraus, ich war tatsächlich auf der falschen Seite des Geländers – dort geht es ja mindestens zehn Meter abwärts in den Fluss. Irgendwann war ich zwar nicht überzeugt, aber zumindest überredet, kletterte also über das Geländer, rutschte jedoch ab und blieb hängen. Was nicht so schlimm gewesen wäre, wäre ich nicht nackt gewesen. Zum Glück war ich nicht nüchtern - zumindest was die Schmerzen angeht. Die Feuerwehr musste mich mit einem Gurt hochheben, damit der Notarzt meinen Willi mit Gleitgel aus dem Geländer ziehen konnte. Hat sich richtig verklemmt gehabt.«
Mein nach der Geschichte sowieso schockierter Gesichtsausdruck war zusätzlich mit reinem Grauen gespickt. Alleine Vorstellung rief Schmerzen in mir hervor. Mein Gott.

»Was soll ich sagen, ich hab's überlebt und habe geheiratet.«
Als ob die beiden Sachen eindeutig miteinander zu tun hätten.

»Wie, du hast geheiratet?«, musste ich nochmal nachfragen.

»Deshalb wollte ich dich heute treffen. Weil ich dir meine Frau vorstellen will.«

Sie war noch nicht hier, aber sie kam tatsächlich nach etwa einer Viertelstunde daher. Zigarette im Mund, Leggins mit hinterfragbarem Muster und hochgeföhnten Haaren.

»Hallo, hab schon viel gehört. Bin die Cassy«, meinte sie, wobei sie den Namen recht hart als 'Kässi' aussprach. Nachdem die beiden anfingen, sich per Zungen-High-Five zu begrüßen, besorgte ich ihr lieber mal ein Bier – immerhin hatten wir ja auch etwas zu feiern. Das junge Paar saß halb übereinander, sie tötete die Zigarette irgendwann an der Wand aus, hatte scheinbar aber noch einen Kaugummi im Mund, den sie loswerden wollte. Kurzerhand nahm sie einen Schluck vom Schlicker Bier und der Kaugummi war weg.

»Ich hab kein Problem mit dem Schlucken«, maulte sie über den Tisch, dann hallte ihr schrilles Lachen durch die ganze Bar und zum Abschluss gab es wieder ein Rumgemache mit Erich. Mit einem gezwungenen Lächeln saß ich da, sah mich um, konnte jedoch meinen Blick nicht gänzlich von den beiden fernhalten. Wie in einem abstrakten Gemälde, fand ich auch in den beiden etwas Wunderschönes. Wer hätte gedacht, dass der Topf- und Deckelspruch sich doch noch bewahrheiten würde. Wie aber alles, wurde diese Situation nach einiger Zeit immer weniger romantisch, sogar gänzlich unromantisch - vor allem wenn man direkt daneben sitzt wenn zwei sich abschmusen. Ich musste sie unterbrechen.

»Wo habt ihr euch dann kennengelernt?«, fragte ich, sie stoppten ihre Zungenspiel, dachten nach und starrten einen Moment ins Ferne. Wie sich herausstellte, kannten die beiden sich schon länger. Vor allem sie ihn. Er hatte einige Jahre hinter sich, in denen er mit allerlei Zeug gehandelt und sich gern mit Alkohol und anderen Drogen umgeben hat. Danach fand er es sehr entspannend, sich in die Universität zu setzten. Eigentlich war sie ja einige Jahre hinter später zur Uni gekommen, hatte ihn aber bald eingeholt und irgendwann saßen sie in den selben Vorlesungen.

Über Jahre hinweg lebten sie nebeneinander – machten Party, tanzten und tranken – und vergaßen auch immer wieder, dass sie sich schon dutzende Male begegnet waren. Ob es eine gute oder eine schlechte Zeit war, sei dahingestellt. Beinahe so, als wären es zwei Seelen gewesen, die genau dafür geschaffen waren. Aber mit jedem Tag, den sie auf diese Weise lebten, verkürzte sich ihr Leben wiederum um eine Woche.

Beide hätten bereits tot sein können, wäre es nicht gleichzeitig passiert, dass er auf der Brücke mit seinem Schniedel hängengeblieben war und sie bei einer Party umkippte, als Polizisten das Haus stürmten. Beide kamen ins Krankenhaus, beide wurden angezeigt. Beide wurden im Entzug clean und dann, nach Wochen, trafen sie sich zufällig zur gleichen Zeit bei der Nachkontrolle. Beide waren damals schwach und verwirrt, hatten kein Ziel vor Augen und überhaupt keine Ahnung, wofür sie weiterleben sollten. Ihr Lebensinhalt war weggebrochen. Die Leidenschaft für ihr früheres Leben war jedoch auch gebrochen worden. Dank dem Überlebenssinn, der ihnen bei klarem Verstand aufzeigte, wie selbstzerstörerisch ihr Verhalten war. So fanden sich die zwei halben Seelen und formten zusammen ein Leben, das für beide funktioniert. Sie gingen spazieren, redeten und kamen darauf, dass sie damals auf der Uni – in Psychologie – ja fast nebeneinander saßen. Sie erinnerte sich sogar an ihn, aber nicht sehr positiv. Immerhin war sie damals noch ein Mauerblümchen vom Land gewesen.

Nachdem sie diese Geschichte erzählt hatten, freute ich mich zwar für sie, aber es war auch etwas komisch. Freude mit dem Gefühl: Warum nicht ich? Klar, ich hätte mit Cassy weit weniger Freude als Erich, aber dennoch war da etwas. Ein Gefühl. Ein Gefühl von Neid. Aber auf Erich? Als ich ihre Zungen wieder mal kollidieren sah, war es langsam wirklich genug und ich verabschiedete mich. Erich wollte noch wissen, warum ich schon gehe und ob ich morgen zur Arbeit müsse. Nein, musste ich nicht. In einem Satz erklärte ich, dass ich meinen Job gerade verloren hatte, er war darüber aber nicht gerade traurig.

»Das ist gut. Dann kannst du ja beim Gemüse einsteigen. Wir ziehen das groß auf. Ich melde mich!«

Langsam und in Gedanken ging ich nach Hause. Es war mir zu blöd, mit der U-Bahn zu fahren. Der Boden glänzte wie nach leichtem Regen, ich ging im schwachen Schein der Orange schimmernden Laternen hoch über die Brücke, die wahrscheinlich die aus Erichs Erzählung war. Ich fand auch ein paar Stellen am Geländer, an denen er hängengeblieben sein könnte und es lief mir dabei ein kalter Schauer über den Rücken. Stehen blieb ich aber nicht, da jemand Mitten auf der Brücke stand. Beim Vorübergehen bemerkte ich seinen starren Blick nach unten, hypnotisch versunken im sich wälzenden Wasser unter sich.

Das Wasser hatte immer etwas Beruhigendes. Man kann zur Rushhour durch die Stadt gehen, wenn man hier am Wasser ankommt, verliert man sich in den Wellen und den Tausenden Bewegungen des kleinen Flusses. Manchmal läuft mehr Wasser durch, manchmal weniger. Manchmal blickt man beinahe nur auf den betonierten Grund. Der junge Mann auf der Brücke kam mir bekannt vor, doch erkennen konnte ich ihn nicht. Vielleicht wartete er auf etwas oder jemanden. Für einen Moment blickte er mir nach, als ich bereits auf der anderen Seite der Brücke im Dunkel verschwand.

Zuhause setzte ich mich wieder mit Zettel und dem Bleistift hin, dachte nach. Ich radierte den Strich weg, den ich unabsichtlich gezeichnet hatte und starrte dann weiter auf das leere Blatt Papier. Es kam nichts. Kein Gedanke wollte sich niederschreiben lassen. Keine Idee. Kein Irgendwas. Nicht einmal, als ich das Thema auf die Zukunft lenkte. Was will ich jetzt machen? Wie will ich die Miete zahlen? Wo sehe ich mich in einem Jahr, fünf und zehn Jahren? Es kam mir wie ein Bewerbungsgespräch mit mir selbst vor. Nachdem ich über meinen beruflichen Werdegang nachdachte, kam ich nicht drauf, was ich eigentlich gut konnte und was nicht. Natürlich, ich weiß, was ich die letzten Jahre so getan habe. Aber heißt das, dass ich das gut kann? Ganz zu schweigen von der Frage, ob ich es will. Immerhin sollte ich nicht wieder den Fehler machen, mir vier Wände zu schaffen, in denen ich jeden Tag etwas mehr sterbe. Einen Moment.

Nachdem ich meine Augen nach links oben verrenkte, sah ich Erich und Cassy wieder vor mir. Wie sie nebeneinander saßen, sich übertrieben liebkosten. Meine Fantasie fing an, diese Szene auszubauen. Was hängen blieb war die Frage, ob ich denn die letzten Jahre gedacht habe, dass mich der Beruf so glücklich machen könnte, dass ich nur mich und den Beruf brauche. Wiederum hallte mir das Wort 'glücklich' durch den Kopf, es war aber zu lange her, um mich daran zu erinnern, wann ich zuletzt glücklich gewesen war. Und mit der nicht gefundenen Erinnerung durchzog meine Brust ein dumpfer Schmerz. Besser gesagt: Der Schmerz durchzog mein Herz. Zwar war es nicht das, was ich gerne fühlen würde, aber es war zumindest ein Gefühl. Ich erinnerte mich daran, dass ich diesen Schmerz schon oft gefühlt hatte, immer und immer wieder, noch viel stärker als an diesem Tag. Es war der Schmerz, den man fühlte, wenn man verlassen wurde. Wenn ich unglücklich verliebt war, weil das Gegenüber dieses Gefühl nicht erwiderte. Oder, wenn man etwas verlor, das man womöglich geliebt hatte.

Innerlich aufgeregt sah ich ins Leere, wunderte mich, wie ich es denn geschafft hatte, über die Jahre so viel über das Menschsein zu vergessen. Ich verkroch mich, ging arbeiten, verwendete die Arbeit als Ausrede für alles, was ich nicht wollte. So lange, bis niemand mehr da war, der sich um einen schert. Man hat es zehn Mal versucht, warum noch ein elftes Mal versuchen? Vielleicht ist das die Definition von Karma. Das ist nichts Überirdisches oder gar Böses, das versucht, einen unterzukriegen. Das ist jeder selbst. Jeder für sich. Man baut sich seine Mauern und Schranken über die Jahre selbst Stein für Stein auf. Man tut und macht, glaubt, alles alleine zu schaffen. Wenn man dann in seinem eigenen Gefängnis steht, ist man froh, endlich Ruhe zu haben und vergisst dabei, dass man nicht geschaffen wurde, um alleine zu sein.

Nach Wochen, Monaten oder Jahren wird es dann immer schwerer, diese Mauer wieder einzureißen. Der Beton ist so hart geworden, dass man sich wirklich bemühen muss – und das tut kaum jemand gerne. Alleine zu akzeptieren, dass es soweit gekommen war, ist schon eine Hürde. Vielleicht hat man das Glück, dass noch jemand da ist, der einem dabei hilft, aber in dem Moment hat man oft auch keine Ahnung mehr, wie das gehen soll. Diese Mauer kann nicht eingetreten, umgeworfen oder gesprengt werden. Diese Mauer kann nur Stein für Stein, bewusst und mit viel Arbeit wieder abgetragen werden. Und mit viel Geduld und Denken kann man die Steine dazu verwenden, Neues, Gemeinsames zu schaffen.

Schon komisch, wenn man so etwas über sich selbst denkt. Noch dazu, wenn man so etwas Ähnliches vermutlich schon einmal als Botschaft in einem Glückskeks gelesen hat. Also wie sollte ich dagegen ankämpfen? Und kann ich das überhaupt alleine? Wo will ich anfangen?

Als mein Kopf kurz vorm kochen war, fiel ich ins Bett und schlief sofort ein.

Als ich am nächsten Morgen erwachte, tappte ich barfuß durch die Wohnung, die bereits wieder einiges an Dreck angesammelt hatte. Nachdem ich beinahe am Bleistift ausgerutscht wäre, der vom Denkmarathon gestern liegengeblieben war, sah ich auf den Zettel, den ich leer in Erinnerung hatte. Aber er war gar nicht mehr leer. Es stand das Wort 'glücklich' darauf. Und egal wie sehr ich mir darüber Gedanken machte, ich wusste einfach nicht mehr, wann ich das geschrieben hatte. Das Wort schwirrte mir auch lange noch durch den Kopf, immerhin nutze ich die Zeit, um gleichzeitig die Wohnung sauber zu machen. Ich wischte mit einem feuchten Tuch alle Oberflächen, das gelbe Tuch wurde für einen Moment ganz grau, bis ich es im Wasser wieder sauber machte.

Das Hirn spielte währenddessen das alte Spiel, anhand eines Wortes kamen mir Tausende Gedanken und ich versuchte nochmal, den letzten Moment hervorzukramen, in dem ich glaubte, glücklich gewesen zu sein. Als ich mit dem Staubsauger und 1400 Watt durch die Wohnung preschte, dachte ich an meine Kindheit. Wie schön, wie unbeschwert diese war. Niemand hat irgendetwas davon erzählt, was einen erwarten würde. Niemand warnte einen explizit vor Sachen oder Situationen. Außer natürlich die alten Sprüche wie »Jetzt weht dann ein anderer Wind«, was wohl nichts anderes heißen soll, als dass man älter wird und mehr Verantwortung übernehmen sollte. Sollte, wohlgemerkt. Ist es die Schuld meiner Eltern, dass ich mit über 30 nicht annähernd das habe, was sie in meinem Alter auf die Beine gestellt hatten? Zwar arbeiten sie ihr ganzes Leben bereits wie blöd für Haus und Auto, aber zumindest haben sie etwas vorzuweisen. Zumindest mich – und meinen Bruder natürlich. Aufgrund meines Lebenserfolges, würde ich mich aber nicht gerade als Vorzeigemodell bezeichnen. Vielleicht meinen Bruder auch nicht gerade.

Nachdem ich auch noch alles Gläserne poliert hatte, war es mir nach etwas Abwechslung am Computer. Es war schon eine Zeit her, dass ich das letzte Spielchen gewagt habe. Aber wie sagt man so schön: Heute ist nicht aller Tage Abend. Auch wenn das nicht ganz passte. Oder doch? Gab es da nicht einen anderen Spruch?

Wie dem auch sei, man spielt ein Spiel, das einem die Möglichkeit gibt, ein Leben zu leben. Man sieht die kleinen Figuren, wie sie aufstehen, wie sie sich einen Job suchen, Geld verdienen, ein Haus bauen, Kinder bekommen. Das ist ja der reinste Vorstadt-Traum! Und ich sitze da, steuere und kontrolliere alles, was mit dem kleinen Ich passiert. Und irgendwie ist es genau das Gegenteil von dem, was ich im echten Leben mache. Kein Job, keine Frau, kein Haus, keine Freunde.
Nicht aber im Spiel, sage ich euch! Da habe ich alles. Mein Haus ist groß, meine Kinder auch, meine Frau hat sich gerade neu einkleiden lassen und das Bankkonto ist gut gefüllt. Das Allerbeste, was das Spiel wohl am grundsätzlichsten vom Leben unterscheidet ist aber, dass ich schummeln kann. Man gibt einfach ein Wort ein, bestätigt es und das Konto wächst und wächst. Millionär in 34 Sekunden. Ein Bekannter hat dafür im echten Leben 45 Jahre gebraucht.

Und schon geht es weiter. Größeres Haus, größeres Auto, mehr Zeug ins Wohnzimmer, draußen ein Pool, den Garten gestalten lassen und im Job natürlich den höchsten Posten einnehmen. Astronaut. Sternekoch. Rockstar. Schauspieler.

Alles, was einem im echten Leben verwehrt bleibt. Man sagte mir mal, dass es einen großen Unterschied machen würde, wo man hineingeboren wird. Der eine hat es leicht, der andere schwer. Und wenn man es eh schon wer hat, reden die Eltern das den Kindern auch noch täglich ein. So wird Durchschnitt gezüchtet. Schön brav tun, nicht zu laut sein, nicht zu viel erhoffen. Frau, Kind, Auto, Haus. Aber im Rahmen. Putz dir die Zähne und geh schlafen. Lerne was Gescheites. Und bedenke: Gott sieht alles.

Es waren einige lange Tage. Zugegeben, ich war nicht vor der Türe, ich habe wenig gegessen, mit niemanden geredet und sogar die Vorhänge waren nicht ganz offen, um nicht ständig von dieser lästigen Sonne geblendet zu werden. Ich war am Computer, lebte mein Leben im Leben. Aber nicht mehr mit der Figur, der ich einst mein Aussehen schenkte. Nein! Sein Enkel war bereits an der Reihe. Das Haus nicht wiederzuerkennen, das Vermögen vervielfacht und wo man auch hinsah waren Menschen. Also kleine Computer-Menschen. Jeder hatte einen Platz zum Schlafen, einen Job, ein riesiges Wohnzimmer mit allem, was das Herz begehrte. Vom Billardtisch bis zur Bowlingbahn, vom offenen Kamin bis hin zu einer Bücherwand. Neben meinem realen Computer stapelten sich Essensreste und Kartons, Verpackungen und schmutzige Gläser.

Manchmal kam ich aus dem Monitor zurück in die echte Welt und stellte mir vor, wie ich den Dreck einfach anklicke, damit einer der kleinen Computer-Menschen daherkommt und das ganze Zeug beseitigt. Aber es kam niemand. Ich war alleine und es roch komisch. Wenn ich den Fehler machte und ich mich zu lange vom Geschehen im Computer entfernte, begann in mir Traurigkeit hochzusteigen.

Schmerzen, Enttäuschung über das echte Leben. Es war so leicht in dem Spiel etwas zu bewerkstelligen. Du möchtest gerne eine Frau? Klick solange auf sie und rede mit ihr, bis sie dich genug mag. Du willst einen Job? Sieh in der Zeitung nach. Wenn du auf 'Ja' klickst, hast du ihn auf der Stelle. Du kannst dir auch Fähigkeiten Zuhause am Bücherregal aneignen, die dir tatsächlich in der Berufswelt weiterhelfen.

Dagegen das echte Leben? Scheiße. Frauen in der U-Bahn, die unentwegt ihr Handy anstarren, flirtfaul und, ganz egal wie sie aussehen, eingebildet. Ordentliche Jobs in der Stadt erhalten Hunderte Bewerbungen, wenn man nicht zufällig jemanden kennt oder perfekt für die Stelle ausgebildet ist, sinkt die Chance noch weiter. Die Möglichkeit, dass jemand anderes aber jemanden kennt oder einen Bilderbuch-Lebenslauf hat, dafür umso größer. Und Fähigkeiten? Was zählen schon Fähigkeiten? Man überfliegt den Lebenslauf und erkennt an der Ausbildung offensichtlich den Menschen dahinter. Keiner interessiert sich für Tendenzen. Hätte man Mozart einen Lebenslauf schreiben lassen und ihn auf seine Schulbildung reduziert, würde er wohl vom Arbeitsamt in einen Kurs geschickt werden. Natürlich gibt es einige wenige Ausnahmen, es ist allerdings – wenig überraschend – nicht die Regel.

Es kam mir etwas zu ruhig vor. Ich wunderte mich, dass mein Handy schon länger nichts mehr von sich gegeben hat. Wobei auch mein Zeitgefühl sehr durcheinander war. Tag oder Nacht? Wo ist schon der Unterschied. Recht hatte ich dennoch, der Akku des Handys war längst leer. Nachdem ich es eingeschaltet hatte, kamen sogleich zwei Spam-Mails und … naja, das war es. So saß ich verwahrlost und hungrig, halb nackt vor dem Computer und war so sehr vom echten

Leben abgelenkt, dass ich es genoss, noch einige Tage draufzusetzen.

Ich werde nicht zu sehr ins Detail gehen, da jedes Wort dem spotten würde, wie es tatsächlich war. Es war nämlich viel schlimmer. So weit, dass ich nichts essen wollte, zum Glück aber zwischendurch tat. Was ich aß, werde ich nicht verraten. Meine Kleidung habe ich sowieso lange nicht gewechselt und auch schon seit Tagen kein Wort gesprochen. Mit niemandem. Nicht mit mir oder dem Computer – was sonst öfter vorkommt, wenn man sich über etwas ärgert.

Es war mir alles gleichgültig geworden. So sehr, dass ich seit einigen Tagen nicht einmal mehr ins Badezimmer ging. Auch hier spare ich mir jegliche weitere Beschreibung.

Am Bildschirm hat sich meine blühende Familie in eine dunkle Masse verwandelt. Es war wie ein Spiegel meines Selbst. Das Haus war schwarz, die Kleidung war schwarz, selbst die Haustiere wurden farblich angepasst. Meine Handgelenke schmerzten aufgrund der immer selben Position, der Sessel unter mir wurde immer ungemütlicher, der Hintern schlief regelmäßig ein, am Rücken entstand schon langsam ein Buckel und tat in manchen Positionen höllisch weh. Der Belag auf den Zähnen war angenehm weich geworden und das Gute daran wenn man die Augen nicht wäscht: man wird weniger lichtempfindlich.

Es war mir alles so gleichgültig geworden, dass man es kaum in Worte fassen konnte. Würde man das Haus abreißen, ich würde mich keinen Millimeter bewegen. Leben oder Tod – mir war es egal. Mit der Maus fuhr ich den Bildschirm entlang, klickte einen der kleinen Menschen an und sorgte dafür, dass er verreckte. Er verwandelte sich in einen Grabstein, die anderen kleinen Menschen umher weinten und schimpften in ihrer Trauer. Perfektes Theater. Irgendwie genoss ich es noch immer, denen zuzusehen. Als mir klar wurde, dass ich diesen kleinen toten Menschen beneidete, weil es Leute gab, die um ihn trauerten, wurde es dunkel um mich. Ich fragte mich, wer um mich trauern würde. Immerhin hat seit Tagen keiner was von mir gehört oder gesehen. Ich bin hier und doch nicht. Würde es also was verändern, außer dass eine Wohnung frei werden würde?

Ich dachte und dachte und dachte. Mein fragendes Gesicht spiegelte sich matt auf dem Monitor, der mich dunkel widerspiegeln und etwas Wärme abgab. Müde starrte ich mich selbst an, das verzogene Ich im Monitor. Das war ich. Das war ich in diesem Moment. In dem Moment. Moment. Einen Moment. Ein Stechen in der Herzgegend. Es war so etwas wie ein Schock. Starr bewegte ich den Kopf durch die Wohnung. Starr drehte ich meinen Körper nach. Starr verharrte ich und es kroch mir eine Träne die Wange hinunter.

Es war wirklich dunkel geworden. Draußen war es Nacht, in meiner Wohnung brannte kein Licht und nur die Laternen vor dem Fenster brachten die Silhouetten meiner Wohnung zum Glänzen. Mit tiefer Traurigkeit drehte ich meinen Kopf also wieder zurück zum Monitor. Er war aus. Kein Licht, kein Lämpchen. Auch der Computer war aus. Tot. Was mich daran tief erschütterte war, dass ich vor Tagen das letzte Mal gespeichert hatte. Alles weg. Tagelange Arbeit in meiner virtuellen Welt. Alles weg. Ich wollte schreien, aber es ging nicht. Beim Aufstehen knickte ich zusammen, ich klopfte so fest es in dem Zustand möglich war auf mein Bein, um es wieder zum Leben zu erwecken. Aber das dauerte zu lange. Mühsam schliff ich mich am Boden entlang, meine Hose zog sich dabei langsam nach unten. Als es mir doch zu schwer wurde, drehte ich mich auf den Rücken und weinte eine Weile, blickte blind an die Decke. Alles war vorbei. Endlich hatte ich mal alles, was ich wollte und nun ist es weg. Ich sah sie noch immer vor mir, die kleinen Menschen. Auch den Mauszeiger. Wie er vor mir rumschwirrte. Ich konnte ihn jetzt gut gebrauchen.

Aber wo ist er hin? Wütend drückte ich meinen absterbenden Körper hoch, suchte in der Wohnung nach diesem verdammten Mauszeiger. Da ist er! Hinter der Couch. Angestrengt fixierte ich ihn mit den Augen, er soll endlich tun, was ich von ihm möchte. Komm. Komm! Jetzt, verdammt nochmal! Er schnellte durch den Raum, schwebte vor mir und wartete auf meine Eingabe. Ausgezeichnet.

Zuerst versuchte ich eine Lampe einzuschalten, die Wohnung war aber ohne Strom und der Mauszeiger hat die Lampe einfach auf den Boden geworfen. Da muss noch mehr Feingefühl rein. Vorsichtig klickte ich auf den Wasserhahn, drehte ihn auf. Wunderbar. Geht doch. Schnell klickte ich mir noch etwas Schönes zum Anziehen an, dann ein Klick auf die Türe und ich ging draußen den Gang entlang, klickte mich durchs Stiegenhaus und raus auf die Straße. Es war großartig!

Alles war zu steuern, die Autos, die Lichter, die Häuser – ja selbst die anderen Menschen konnte ich einfach so anklicken und mit ihnen reden, mit ihnen spielen oder sie zum Teufel jagen. Laut lachte ich und rannte weiter, immer weiter. Es war einfach das Beste, was mir jemals passiert war. Das Haus dort drüben passt mir nicht – weg damit. Diese Straße braucht einen Looping und wieso gibt es eigentlich keine roten Sträucher? Klick, klick, klick. Gemacht.

Nach einer Zeit, ich kam gerade auf die Brücke zu, bemerkte ich, dass meine Augen schmerzten. Ich blinzelte wie blöd und verbog dabei mein Gesicht, als ob ich es das erste Mal verwenden würde. Die Luft schmeckte komisch und es war mir, als ob es sehr hell wurde.

Mein Kopf begann zu brummen, ein Ton ließ mich immer und immer wieder zusammenzucken. Wie ein Auto, das gerade einen Zylinder-Tod durchlebt, stotterte ich die Brücke hinauf, hielt mich am Geländer fest und versuchte verzweifelt, durch meine Augenlider etwas zu erkennen, aber die wollten zufallen, mich von der Außenwelt abschneiden. Es wurde kalt und es war mir, als ob ich jeden Moment den geringen Inhalt meines Magens zum Vorschein bringen würde. Als ich niedersackte, knallte mein Kopf gegen das Geländer.

Es war ein ruckartiges Einatmen, das mich aufwachen ließ. Alles war ruhig, sehr hell und weiß. Aber auf eine gute Art. Ich drehte mich um, ich lag auf einer Couch in einer kleinen Wohnung. Auch ich war sehr ruhig, eine Uhr zeigte halb drei Nachmittags. Es war mir ein Rätsel, wie ich hier hergekommen war, aber auch, woher ich die Klamotten hatte, die eindeutig nicht von mir stammten. Schnell trank ich ein vorbereitetes Glas Wasser aus, sah mich um. Die Wohnung war sauber, es gab einige schön gepflegte Pflanzen, eine vorzeigbare Film-Sammlung und die Bilder, die umher standen, zeigten fast nur Kinder und Teenager– auf älteren Fotos, die teils wahrscheinlich noch mit Film gemacht wurden.

Wessen Wohnung es auch war, ich würde ihn anhand seiner alten Fotos wohl nur schwer wiedererkennen. Nachdem ich auch die Küche und das Badezimmer durchsucht hatte, war klar, dass ich alleine hier war. Da vertraut jemand ganz schön dem Guten im Menschen. Kurz dachte ich daran, aus Trotz etwas zu klauen, aber das wäre doch sehr unfein gewesen. Außerdem – was brauche ich schon großartig? Man sah die Brücke vom Fenster aus und als ich zum Ausgang ging, bemerkte ich eine Tüte mit Gewand. Mein Gewand.

Ein kurzer Blick und ich nahm es mit, damit ich es vor dem Wohnhaus gleich entsorgen konnte. Es hat in der Nacht offensichtlich doch nicht funktioniert, mir frisches Gewand an den Körper zu klicken.

Langsam ging ich durch die Gassen, mein Kopf war wieder klarer, außerdem genoss ich den Tag, und die Sonne. Blöderweise kam mir aber auch bald der Gedanke, dass ich keine Schlüssel oder sonst irgendetwas bei mir hatte. Also war ich mehr oder weniger ausgesperrt und meine Zweitschlüssel hatte ich dort deponiert, wo ich sie nicht holen wollte. Nicht jetzt und nicht die vergangenen zwei Jahre. Also konnte ich vorerst nur zur Wohnung gehen und zusehen, wie ich reinkommen würde.

Die Hausmeisterin schüttete gerade einen Eimer Wasser auf die Straße, es schäumte und war dreckig zugleich.

»Aufpassen, frisch gewischt«, zischte sie in ihrer weltumarmenden Art und Weise. Es wäre wohl verschwendete Luft, sie darauf hinzuweisen, dass man kein Wasser mit Reinigungsmittel auf die Straße leert. Gezwungen lächelnd ging ich an ihr vorbei, sie beobachtete mich den ganzen Weg den Gang hindurch, bis sie doch noch was zu sagen hatte.

»Ihre Wohnungstüre stand offen.«

An der Ecke blieb ich stehen und sah zurück. Sie erklärte nicht weiter, aber ihr Blick sagte mir, dass sie wohl auch in die Wohnung gesehen hatte. Als ich bei meiner Wohnung ankam, stand die Türe noch immer offen. Es war auch ein Fenster geöffnet worden.

Im Türrahmen stehengeblieben, überblickte ich das Schlachtfeld meiner letzten Tage. Meine Nachbarin gegenüber kam gerade zur Wohnungstüre raus, begrüßte mich und nach einem Blick an mir vorbei in meine Wohnung, drehten sich ihre Mundwinkel so weit, bis sie eine äußerst angewiderte Mine gebastelt hatten. Nach einem verachtenden Blick zurück auf mich, suchte sie über den Gang das Weite.

Ich knallte die Türe hinter mir zu, es war wirklich sehr widerlich. Es stank, überall war irgendetwas gestapelt. Dreck und Flecken. Unter all den Sachen fand ich mein Handy, das ich ansteckte, aber es wurde nicht geladen. Selbst der Strom wollte noch nicht in die Wohnung zurückkehren. Nachdem ich das Nötigste – inklusive mich – gesäubert hatte, suchte ich ergebnislos meine Schlüssel. Einfach nicht auffindbar. Wieder und wieder durchsuchte ich alles. Dort, wo sie normalerweise waren. Auch an der Türe – innen und außen – aber sie waren einfach nicht da.

Es war mir zuwider, meine Ersatzschlüssel zu holen, aber wie sollte ich in meine Wohnung zurückkehren können, ohne großen Aufwand mit der Hausmeisterin, der Verwaltung und was weiß ich wem. Mein Plan war, mich zuerst etwas abzulenken, dann die Schlüssel aufzutreiben. Und etwas anderes anzuziehen. Bevor ich die Wohnung mit einem eigenartigen Gefühl verließ, stapelte ich das fremde Gewand an der Türe und zog die Türe bewusst hinter mir zu.

Jetzt habe ich keine andere Wahl.

Ich stand schon einmal vor dieser Türe. Es war schon eine Zeitlang her, aber ich erinnere mich ganz genau daran, wie ich damals gesucht habe und vorsichtig und leise umher schlich, bis ich diese blöde Türe endlich fand. Es war bereits Abend geworden, ich war davor noch wie angedacht unterwegs, um mich abzulenken, habe ein Eis gegessen und Hunde beim Spielen beobachtet. Keine Chance. Nichts auf der Welt konnte mich ablenken. Nicht, wenn ich weiß, dass ich bald vor dieser Türe stehen würde.

Es wäre ja schlimm genug, wenn es nur die Türe meiner Ex gewesen wäre. Aber nein. Es ist die Türe des Freundes meiner Ex. Auch das wäre kein großes Problem an sich, wäre ich schon über sie hinweg gewesen.
Genau kann ich nicht mehr sagen, wie lange ich vor dieser Türe stand. Zuerst versuchte ich zu erraten, ob denn überhaupt jemand Zuhause war. Man hörte manchmal Geräusche, aber das kann genauso gut aus anderen Wohnungen stammen. Das Licht, das eindeutig aus der Wohnung kam, kann auch eine Reflektion sein. Ich wollte gehen, drehte aber wieder um weil ich wusste, ich würde genauso blöd vor meiner eigenen Wohnungstüre stehen und genauso wenig hineinkommen, wenn ich den Schlüssel nicht auftreibe. Aus dem Grund habe ich meine Wohnungstüre auch geschlossen. Da musst du jetzt durch.

Warum ich so Angst davor hatte? Angst ist das falsche Wort. Es ist wohl eher ein, also dass ich … wenn ich darüber nachdenke … egal. Wir waren einige Zeit zusammen. Da bleibt eben viel hängen und viele Gefühle kommen hoch, wenn ich an sie denke. Dass es bei ihr nicht mehr so ist, war mir klar. Sie war über mich hinweg – was mich nur noch wütender machte.

Na gut, es war schon so, dass ich mit ihr Schluss gemacht hatte. Da gab es so viele Kleinigkeiten, so vieles, was nicht passte. Ich könnte einige Beispiele aufzählen, aber es fällt mir partout nichts ein. Mir schwirrt ihr Grinsen im Kopf herum, das sie manchmal aufgesetzt hatte. Den Blick mit den hochgezogenen Augenbrauen. Wie sie versuchte, sich so klein wie möglich zu machen, um sich an mich zu kuscheln. Ich musste laut durchatmen, sah mich um. Es wurde mir nur noch schwerer, an diese verdammte Türe zu klopfen. Weiter atmen, raus mit den Gedanken.

Damals als wir uns trennten, trennten wir uns eigentlich nicht gleich. Man sah sich immer wieder und heute tut jeder Moment weh, an dem ich vor ihr gestanden und nicht gesagt habe, dass ich in sie verliebt war. Es war einer der größten Gründe für die Trennung – ich war nicht verliebt in sie. Um nichts in der Welt konnte ich ihr sagen, dass ich sie liebte. Sie wiederum hat es mir gesagt, was mich nur weiter verschreckt hat. Was war ich blind.

Es war irgendwann die Erkenntnis, dass man nicht-nicht verliebt ist, sondern einfach keine Ahnung hat, was Liebe eigentlich ist. Dass man vergessen hat, wie es sich anfühlt, wenn man verliebt ist. Die Suche nach Sex und immer Neuem hat einen auf einen Weg geführt, der zwar immer mehr und mehr zu bieten vermochte, aber so etwas wie Glück oder Tiefe leider nicht beinhaltet. Alles Neue oder Attraktive in der Umgebung wurde sofort als interessanter eingestuft, das Vorhandene war langweilig, weil man sich keine Mühe mehr geben musste und auch schon lange nicht mehr gab. Immerhin hat sie sich um alles gekümmert – sie hat mich angerufen, sie hat mir geschrieben. Sie hat mich geliebt. Für zwei.

Natürlich kann ich nicht wissen, ob das wirklich funktioniert hätte, einen Versuch wäre es dennoch wert gewesen. Man denkt immer an Zeitverschwendung – wie es mit früheren Frauen oft der Fall war – die Angst, dass man etwas anderes verpassen könnte. Man verpasst etwas, ja, ganz egal, was man macht. Man verpasst immer etwas, weil man nicht alles gleichzeitig machen kann. Und ich habe sie verpasst.

Typischerweise kam mir das alles erst, als sie wieder einen Freund hatte. Ich bekam noch einige Sachen mit, zum Beispiel wie supertoll glücklich sie waren. Ich hasste beide, aber vor allem ihn, auch wenn ich ihn nicht kannte. Egal. Und sie liebte ich noch lange danach. Was aber auch egal war. Es spielte keine Rolle, da ich all meine Chancen vertan hatte – immer und immer wieder.

Es tat noch immer weh. Nicht so sehr wie damals, aber noch stark genug, um meinen Körper für einen Moment einzufrieren. Ein Geräusch weckte mich aus meinen Gedanken. Es passierte etwas. Ihr Freund öffnete die Türe und stand eine Nase weit von mir entfernt.

»Was willst du denn hier?«, fragte er murmelnd. Ich versuchte freundlich auszusehen, fragte nach 'ihr'. Zum Glück sind wir einigermaßen im Guten auseinander gegangen, ohne Fragen seinerseits ging er in die Wohnung, gab uns aber nur zwei Minuten Zeit, da sie gerade das Haus verlassen wollten. Komisch sieht er aus, ich frage mich immer wieder, wieso sie mich für ihn verlassen hat. Ja stimmt, ich habe sie verlassen, aber dennoch könnte sie sich jemanden suchen, der etwas besser aussieht. Sie war immer schon sehr liebesbedürftig und er wiederum wird wohl nehmen, was er kriegen kann. Und ums Verrecken nicht mehr hergeben. Blöd wäre er, so wie er aussieht. Ich kann ja doch sehr oberflächlich sein.

Als sie an die Türe kommt, schwirren mir wieder viele Gedanken durch den Kopf. Sie sieht noch immer gut aus, auch wenn sie kein Leopardenmuster tragen sollte. Ihr Blick, na gut, sie freut sich nicht gerade darüber mich zu sehen, aber da ist noch etwas in ihrem Blick. Etwas Genervtes.

»Was willst'n du da?«, schmettert sie mir entgegen. Mir war als hätte sie sich schon mal treffender ausdrücken können und dass sich ihre Stimme krächzender und lauter anhört als damals. Etwas irritiert von der Frage, erklärte ich, dass ich meine Schlüssel verloren hätte, es mir eh auch unangenehm wäre, ich aber die Ersatzschlüssel brauchen würde, die sie noch immer in ihrem Besitz habe.

»Hast nach zwei Jahren deine Eier gefunden? Bring ich sie dir halt.«
Sie ließ mich stehen, mein Blick war mit einem künstlichen Lächeln geschmückt, ich wusste aber gerade nicht, was ich davon halten sollte. Gut, ich war auch nie ein Genie was die deutsche Sprache angeht, aber alleine die Betonung des Satzes hat mir Angst gemacht. Was war denn mit ihr geschehen? Ich könnte schwören, das war nicht die liebe, zuvorkommende und intelligente Frau, die ich damals verlassen hatte. Sie hat ihren Platz neu gefunden.

Schlagartig stellte ich mir vor, wie die beiden rummachen. Mein Gesicht verzog sich in reinstem Grauen, noch mehr, als ich die beiden im Bett vor mir sah. Sabbernd kniet er hinter ihr, schlägt ihr auf den Hintern und ruft irgendwelche Sachen, die er in dem Zustand noch hinbekommt. Sie trägt künstliches Fell um den Hals und mit ihrer neuen, krächzenden und tiefer gewordenen Stimme schreit sie »Ja, tu es mir! Du Mann!«

Fast so, als ob sie immer männlicher wird, bis es quasi zwei Männer miteinander treiben. Sie kratzt sich im Schritt, spuckt auf den Boden, pfeift trainierten Männern nach und beschimpft dünne Männer als Memmen und Schwuchteln.

Das Klimpern des Schlüssels vor meinem Gesicht riss mich Gott sei Dank aus dieser unheimlichen Gedankenwelt raus, meine Ex sah mich verwirrt an. Die weiteren, ohnehin schon wenigen Sätze, die wir noch austauschten, waren pro-forma und Dank ihrer neu gewonnenen Fertigkeit, Wörter aus Sätzen einfach wegzulassen, kurz und aussagelos. So lange hatte ich davor Angst – und ja, ich verwende doch das Wort Angst –, hierher zu kommen, dabei war es genau das Richtige. Als ich wieder nach Hause ging, war ich beruhigt und froh. Zwar war es mir nicht gerade recht, dass diese einst wunderbare Frau sich plötzlich zurückentwickelte, es war doch der Gedanke, dass ich sowieso der Falsche gewesen wäre, wenn sie jetzt mit ihm glücklich war.

Menschen verändern sich also doch und es war gut, dass ich sie gesehen hatte. Denn verliebt war ich nun nicht mehr in sie, ich trauerte ihr auch nicht weiter nach und noch weniger wollte ich mit dieser neuen Frau Zeit verbringen. Es war ein eigenartiges Gefühl. Man stelle sich vor, eine große Hand würde einen festhalten Anfangs nervt es und tut weh, nach Tagen, Wochen und Monaten gewöhnt man sich daran.

Klar, es schränkt ein und man muss sich anpassen, aber man lebt eben damit. Diese Hand hat mich an diesem Tag losgelassen. Ich kann wieder atmen und merkte erst dann, wie sehr mich diese Hand eigentlich erdrückt hat. Wie sehr sie mich verändert hat. Noch dazu war mir klar geworden, dass meine Ex nie wirklich etwas damit zu tun gehabt hatte. Die Hand habe ich um mich selbst gelegt und habe mich selbst damit eingeschränkt. Nun kann ich sie aber endlich locker machen und mich loslassen.

Leicht wie eine Feder war ich plötzlich, der Wind hat mich durch die Gassen getragen, wirr wirbelte ich durch die Gegend, an den Menschen vorbei, es war alles so klar und schön. Wunderbar war dieses Gefühl. Ich sperrte mit meinem wiedergewonnenen Ersatzschlüssel meine Wohnung auf und stand im Dunkeln. Darum sollte ich mich dringend kümmern.

Um dem Problem mit dem Licht in meiner Wohnung auf die Schliche zu kommen, musste ich doch mehr unternehmen, als gedacht. Die Nacht konnte ich mit zwei Kerzen und einer schummrigen Taschenlampe überbrücken.

Am nächsten Tag machte ich mich auf. Nur wohin, war die Frage. Da ich erstmal einen Anhaltspunkt brauchte und kurz gesagt zu faul war, um zu spekulieren, ging ich zu meiner Bank. Die ist direkt um die Ecke und schon nach kurzen 47 Minuten sagte man mir bei einem fast privaten Gespräch (alle anderen Wartenden nutzen die Gespräche derer vor ihnen als Theaterstück, um die Zeit zu überbrücken), dass sie mir nichts wegen dem Stromanbieter sagen konnten, aber immerhin wäre mein Konto fast leer.
Es fiel mir ein, dass ich eigentlich längst beim Arbeitsamt hätte sein müssen, um mich arbeitslos zu melden. Außerdem verwunderte es mich, wieso mein alter Arbeitgeber den letzten Monat nicht ausgezahlt hat. Und das überraschte nicht nur mich, auch die Leute in der Schlange hinter mir warfen mir überraschte Blicke entgegen. Also ging es für mich weiter zum Arbeitsamt, wo es zum Glück ruhig war. Man zog eine Zahl und wartete. So lange, dass manche die Chance nutzten, währenddessen eine Familie zu gründen.

Wiederum war es ein sehr kurzes Gespräch, da ich von der alten Firma noch irgendwelche Unterlagen brauchte und immerhin - man hat mich vorgemerkt. Nachzubringen ist es aber in jedem Fall!

Nach dem erfolgreichen Besuch bei meiner Exfreundin machte ich mich nun auf den Weg zu meiner Exfirma. Je näher ich dem Gebäude kam, desto schummriger wurde es mir. Komisch war es schon, immerhin habe ich so lange hier gearbeitet, ging jeden Tag ein und aus und jetzt komme ich als Besucher. Schon am Eingang fing es an: man durfte mich nicht reinlassen, ohne dass mich jemand abholte. Ich entschied mich für jemanden von der Buchhaltung, das wird wohl reichen. Missmutig ging man mit mir hoch, setzte mich wie einen Gefangen vor den kleinen Schreibtisch und ging am Computer alles durch. Tatsächlich hatte man mir nichts überwiesen.

»Komisch, Sie sind gar nicht mehr im System. Als ob man Sie gelöscht hätte«, lässt mich der Typ wissen.
Ich wollte nicht sagen, dass ich das gemacht habe, schwärzte dafür meinen früheren Abteilungsleiter an, der 'immer schon was gegen mich hatte'.

»Darüber brauchen wir uns keine Sorgen mehr zu machen«, meinte er, und erzählt, dass der Abteilungsleiter auch nicht mehr hier sei. Der alte Chef hatte auch ihn rausgebeten. Nachdem er etwas umher tippte, blickte er nochmal zu mir hoch.

»Waren Sie das vor ein paar Wochen, der den früheren Abteilungsleiter vor dem Chef angeschrien hat?«
Ich musste grinsen und ich berichtigte, dass ich in keinster Weise geschrien hätte. Nur meine Meinung gesagt.
Überrascht war ich deshalb, weil es Wellen geschlagen hat. Der Abteilungsleiter musste gehen, der alte Chef war wahnsinnig wütend.

»Er wollte mit Ihnen reden, aber man konnte Sie nicht erreichen«, fügte der Buchhalter hinzu.

»Außerdem waren Sie Gesprächsthema Nummer eins für einige Zeit.«
Muss ja wirklich langweilig sein hier, dachte ich und blickte durch das graue Büro. Überraschung.

Bevor er den alten Chef anrufen konnte, blockierte ich und bat ihn, nur noch die restlichen Unterlagen an mich zu schicken. Dann wäre das mit dem Arbeitsamt auch gelöst.

Damit er kaum Zeit zu reagieren hatte, stürmte ich gleich wieder durch die Gänge. Wieder sah ich beim Vorübergehen in die einzelnen Büros, wie vor einigen Wochen bevor der Abteilungsleiter mich aufhielt. Wieder sammelte ich neue Eindrücke, wieder kam ich an dem Büro vorbei, in dem ich damals einen möglichen Selbstmörder zu erkennen dachte. Diesmal wurde ich langsamer, da ich neugierig darauf war, wie ich auf diese Vermutung gekommen war. Als ich langsam am Büro vorbei ging, sah alles unauffällig aus.

Büroeinrichtung, bisschen Privates. Keiner da. Irgendetwas muss mich doch dazu gebracht haben, das zu denken. Ich blieb endgültig stehen, sah mich um, bis ich ein Geräusch hörte. Sogleich war es wieder weg. Hinter dem Schreibtisch kam jemand hoch, Bleistift und Spitzer in jeweils einer Hand, offensichtlich hat er gerade über dem Mistkübel den Bleistift wieder in Form gebracht. Starr sah er mich einen Moment lang an, ich erwiderte seinen Blick starr. Eindeutig die Wortherkunft von starren. Langsam hob er die rechte Hand mit dem Bleistift.
        "Hallo."
Sogleich startete ich weiter los, er brauchte zum Glück etwas länger, sodass ich ihn mit dem Lift abhängen konnte. Es war ein ähnlich erbauendes Gefühl wie bei einem gewonnenen Rennen. Warum ich das dachte, wusste ich auch nicht. Immerhin war es nur ein Typ, der vielleicht etwas von mir wollte. Also vielleicht will was von mir? Nicht im Sinne von 'er will was von mir', sondern es könnte ja sein dass er was von mir brauchte. Mit dem Dong des Liftes im

Erdgeschoss war der Gedanke aber schon wieder verflogen. Schnell suchte ich das Weite, lange genug war ich in diesem Gebäude gefangen.

Nachdem ich in einer Telefonzelle – die übrigens mittlerweile mit Monitoren ausgestattet sind – auch noch bei meinem lieben Energielieferanten angerufen habe, konnte man mir zwar keine genauen Angaben machen, aber immerhin überredete ich die Dame dazu, mir zu verraten, ob der Strom abgeschaltet wurde.

»Nein«, war die Antwort, »alles in Ordnung.«
Gut, dachte ich, auch wenn das Problem damit nicht aus der Welt war. Was mir jedoch auch auffiel war, dass ich selten so charmant und frei war, wie am Telefon. Wie kann ich dort so offen sein, im echten Leben sieht man mich nicht mal mehr an. Eine Zeit lang dachte ich, dass die Frauen einfach weniger mit mir flirten, oder ob der 30er wirklich so eine Grenze ist, ab der man einfach anders zu wirken beginnt. Soweit ich das herausgefunden habe, hat es was mit Ausstrahlung zu tun, nicht mit dem Alter.

Klar verändert man sich mit dem Alter, es ist aber eher die Veränderung, die man intern durchmacht. Würde ich mich selbst auf der Straße sehen, ich würde mit mir auch nicht flirten. Manchmal bleibe ich vor einem Schaufenster stehen, in dem ich mich selbst spiegele. Es sieht so aus, als ob ich die wertlosen Waren darin begutachte, in Wirklichkeit sehe ich mir einen Augenblick tief in die Augen, sehe wie krumm ich dastehe und wie weit meine Mundwinkel bereits nach unten gewandert sind. Manchmal versuche ich auch meinen Gang zu analysieren, aber das ist recht schwer auf der Straße.

Die Aussage ist auf jeden Fall, dass ich kein erfolgreicher, lustiger, strebsamer Mann bin. Niemand, mit dem man gerne seine Zeit verbringt. Niemand, mit dem man ins Kino geht oder was essen. Niemand, den man gerne um sich hat. Man gibt aber genau der Zeit gerne die Schuld.

»Früher war ich doch nicht so ...«, aber die Wahrheit ist, dass man sich selbst so macht. Man sucht sich alles aus. Man kann nach einiger Zeit eben zurücksehen und erkennen, wo und was alles schiefgelaufen ist. Sich einzugestehen, dass man selbst seine Misserfolge gebaut hat, ist keine schöne Sache.

Anstatt mit Pauken und Trompeten gegen die Probleme anzukämpfen, betrinkt man sich am zweiten Tag, nachdem man beschlossen hat, sich zu ändern. Wieder auf null. Und so weiter. Und so fort. Zwar glaube ich nicht mehr daran, dass jeder Mensch ein perfektes Leben haben kann – das ist alleine an der schieren Anzahl der Menschen unmöglich –, aber man kann glücklich sein, in einem – seinem – bestimmten Rahmen. Das Mehr, Mehr und Mehr hindert einen daran, einfach irgendwo stehen zu bleiben. Die Aussicht zu genießen. Und das, was man bereits hat, wird somit wertlos. Und selbst, ja selbst wird man nur bitterer. Und die Mundwinkel wandern jeden Tag noch ein wenig weiter nach unten.

So stand ich nun in Gedanken vor der Telefonzelle. Frage mich wieder mal, was mit mir los war. Wann und warum bin ich so geworden? Und wann habe ich eigentlich den Anschluss so dermaßen verloren?

»Wollen sie unterschreiben?«, hallte es mir durch den Kopf, auch wenn ich nicht direkt was damit anfangen konnte. Was will ich denn unterschreiben? Ich erschrak. Neben mir stand eine junge Frau, grünes Stirnband und schlecht bedrucktes Shirt.

»Was?«, frage ich, gerade aus meiner Gedankenwelt kommend.

»Ob Sie unterschreiben wollen. Es ist für eine grünere Stadt!«
Sie redete mit einer Motivation, so habe ich schon lange nicht gesprochen. Sie macht das aber sicherlich einige Dutzend Mal am Tag. Spricht Wildfremde an, lächelt und fragt motiviert wie eh und je, ob ich unterschreiben möchte. Die Antwort war klar.

»Nein. Danke«.
Für eine Millisekunde schob ich ein Lächeln nach, drehte mich weg und wollte gehen.

»Wollen Sie nicht, dass es hier grüner wird? Dass die Kinder spielen können? Ihre Kinder?«
Einen Moment starrte sie mich an. Meinte sie das ernst?

»Hören Sie«, fing ich an.

»Mimi!«, kommt wie aus einer Pistole zurück.

»Mimi. Wir leben in einer riesigen Stadt. Die wird noch viel größer. Die Kinder, die hier aufwachsen, sind meistens Idioten. Bevor ich hier Kinder in die Welt setze, muss mehr passieren, als 'etwas grüner werden'«.
Ich dachte, ich hätte sie, drehte mich um und wollte schon gehen.

»Das war es?«, fragt sie, »Das ist Ihre Meinung und Sie gehen weg, ohne eine beschissene Unterschrift, weil sie sowieso nichts ändern wollen?«
Jetzt hatte sie wiederum mich. Aber das wollte ich nicht auf mir sitzen lassen. Da ich keinen Strom Zuhause hatte, brauchte ich mich auch nicht sonderlich zu beeilen.

»Natürlich will ich was ändern«, begann ich, »aber es ist nicht so leicht, wie Sie sich das vorstellen.« Sie wiederum konterte, dass es aber auch keine Lösung wäre, einfach jedem und allem den Rücken zuzukehren, denn dann würde nicht nur alles nicht besser, sondern auch noch schlechter.

Kurz sprang ich auf das 'Veränderungen müssen nicht immer gut sein'-Argument, sie schmetterte es gerechtfertigt mit 'Alles verändert sich rund um uns, wenn wir stehen bleiben, werden wir überrollt' nieder.
Überraschend viel Wirtschaftlichkeit für eine Ökotussi. Aber das war noch lange nicht das Ende der Diskussion. Es ging sprichwörtlich von A bis Z, über Energie und Import von Waren, das Schulsystem bis hin zu Straßenmusikern. Genau kann ich es nicht sagen, aber ich denke, ich habe nach geschlagenen zwanzig Minuten ihren Zettel derartig schweißgebadet unterschrieben, als würde man sich nach dem Sex eine Zigarette anzünden. Befriedigung auf beiden Seiten.

Wir sahen uns einen Moment lang an, atmeten beide tief und warteten darauf, bis einer den nächsten Schritt macht. Ich musterte sie von oben bis unten, sah ihre Hand, die fest um das Klemmbrett geklammert war. Ihre Stirnfransen traten etwas aus dem Stirnband hervor und hingen in ihr Gesicht. Ihre Lippen vibrierten förmlich beim Atmen, sie leckte sich frech über die Unterlippe und ihre Augen wanderten auch an mir hoch. Verdammt. Es gibt wohl nur zwei Dinge, die ich jetzt machen könnte. Zum einen: ihr das Klemmbrett aus den Händen werfen, um sie zu küssen. Zum anderen: gehen. Nachdem ich mich in der ersten Möglichkeit visualisiert hatte, war es klar, was zu tun war.

»Bis dann.«

Ich lief fast davon. Weiter weg, drehte ich mich nochmal um, ich sah, wie sie mir verloren nachblickte. Ich könnte noch umdrehen und die Sache klarmachen. Natürlich.

Natürlich ging ich weiter, bis ich sie nicht mehr sah, bis sie mich nicht mehr sah. Wir leben in einer großen Stadt, die immer größer wird. Wahrscheinlich sehen wir uns nie mehr wieder. Außerdem war sie viel zu jung. So junge Mädels sind zwar hübsch anzusehen, aber in ihren Entscheidungen so standhaft wie ein Springball. Es macht einen nur unglücklich, sich in jemanden wie sie zu verlieben. Aber was rede ich da – verlieben! Ich habe sie gerade mal zwanzig Minuten auf der Straße beschimpft. Das reicht nicht zum Verlieben.

Der Weg zurück in die Wohnung war geprägt von Gedanken an sie. Mimi, erinnerte ich mich plötzlich wieder. Was für ein Name soll das sein? Miriam? Oder Miminumi …? Mir fiel kein anderer Name dazu ein. Wahrscheinlich Miriam. Mit i oder j. Trotz meiner Flucht – ich korrigiere – trotz meiner Doppel-Flucht von der Firma und vor Mimi – war ich gut drauf. Ich konnte was erledigen, ich konnte mich mal wieder mit einer Frau unterhalten. Gut.

Sogleich ging ich in den Supermarkt, um ein paar Sachen für ein Abendessen einzukaufen. Der Einfall, dass ich mir Sachen kaufen sollte, die ohne Strom zuzubereiten sind, kam mir erst in Richtung Kasse. Also gab es nur Sparprogramm. Und ein Bier. Oder drei. Merkwürdig gut gelaunt ging ich zur Wohnung, im Gegenlicht stand jemand vor meiner Türe. War es tatsächlich jemand vom Stromanbieter, der mir den Strom zurückbringt? Als ich näher kam und ihn begrüßen wollte, erkannte ich Alfred. Mein Bruder. Er stand mit roten Augen da und blickte mich entgeistert an.

»Da bist du ja«, meint er mit gebrochener Stimme.

»Wir haben uns Sorgen gemacht, keiner konnte dich erreichen«.

Ich beruhigte ihn, erklärte, dass es nur ein Stromausfall war. Aber er ließ sich nicht recht beruhigen. In der Wohnung angekommen, lief er umher, sah sich um, ohne sich umzusehen.

»Ich habe nicht viel da. Willst du ein Bier? Es ist aber warm«, und ich streckte ihm eine Dose entgegen. Er wollte sie nicht, schüttelte den Kopf.

»Papa ist tot. Er kam gerade von der Arbeit, auf der Straße vor dem Haus. Er ging schnell, es war stürmisch. Ein Baum stürzte aus dem Wald und er war sofort tot.« Tränen in seinem Gesicht, er wippte hin und her. Ich konnte mich nicht rühren, starrte ihn an. Schnell zog er einen Zettel heraus, legte ihn mir hin.

»Die Beerdigung ist wohl erst in einer Woche, weil der Sturm viel Schaden angerichtet hat.« Er ging. Die Tür knallte hinter ihm, der Knall schallte wieder und wieder durch meine Ohren. Langsam schreitete ich vor, ich wollte den Zettel hochheben, es gelang mir aber erst beim zweiten Versuch. Vorsichtig faltete ich ihn auf und erblickte das Gesicht meines Vaters. Lachend, daneben ein Kreuz.

Wir nehmen Abschied von unserem lieben Mann,
Vater und Großvater.

Es stach in der Herzgegend. So wahnsinnig wie schon lange nicht mehr. Jemand drückte mich auf den Boden nieder, kniend trafen einige Tränen den Zettel, ich legte ihn weg und versuchte ruhig zu atmen. Stockend ein, stockend aus. Es wurde besser, ich ließ mich seitlich auf die Couch nieder und starrte ins Nichts. Es dauerte, bis mir wieder Gedanken in den Kopf schossen.

Es war mittlerweile dunkel geworden. Ich hatte mich keinen Zentimeter bewegt. Das eingekaufte Essen war am Boden verteilt, aber ich hatte sowieso keinen Hunger mehr.

Was um alles in der Welt habe ich verbrochen? Was hat er verbrochen? Er war ein Mensch, den man ringsum als brav anerkennen würde. Er hat geheiratet, zwei Kinder, ging sein ganzes Leben arbeiten und kurz vor seiner Pension schickt man ihm einen Baum als Todesengel? Was ist das? Schicksal? Gottes Werk? Scheiße ist das! Das ist doch alles Scheiße. Wieso sollte man sich das überhaupt antun? Der Mensch hat geschuftet, sein ganzes Leben. Immerzu. Er wollte nie in eine andere Position, er wollte mit seinen Händen arbeiten, mit seinen Kollegen was trinken und nach Hause kommen zu seiner Frau. Man kann sich kaum vorstellen, wie meine Mutter ihn gefunden hatte. Auf der Straße, blutend. Hat er das verdient? Hat sie das verdient?!

Ich war richtig wütend geworden, schnappte mir beim Aufstehen einen Couchpolster und schleuderte ihn gegen das Fenster. Er gleitete über den Vorhang seelenruhig nach unten. Als ich mich im Dunkeln umsehen wollte, fiel ich beinahe über eine Bierdose, die ich sogleich aufhob, und aus der ich einen kräftigen Schluck nahm. Hustend setzte ich wieder ab, warmes Bier schmeckt schrecklich, ich setzte dennoch wieder an. Auch die anderen zwei Dosen – jeweils in anderen Farben – mussten in den nächsten Minuten dran glauben. Es war mir als würde ich die Welt nicht verstehen. Noch weniger als sonst.

Alles war beschissen. Kein Job, keine Frau, kein Geld, kein Vater mehr – ja nicht mal mehr Strom! Als ich noch dumm in die Arbeit trottete, da waren mir die Dinge noch klarer als

heute. Heute, heute ist alles weg. Nichts ist mehr da. Wild
rotierte ich in der Wohnung umher, keine Ahnung wie
lange. Der Alkohol zeigte bald seine Wirkung, aber es
musste noch mehr sein. Die letzten Reste, die ich finden
konnte, wurden vernichtet. Selbst der Hustensaft – wobei
ich später gemerkt habe, dass die heute gar keinen Alkohol
mehr haben. Dafür war mir dann schlecht. Richtig schlecht.
Das Erste, was mir dazu einfiel war, die Wohnung zu
verlassen. Alles wurde dumpf, der Gang zum Stiegenhaus
unendlich. Er drehte sich auch etwas und ich knallte gegen
eine andere Wohnungstüre als ich versuchte der Drehung
entgegenzuwirken.

Die Türe ging auf, ich saß am Boden und blickte hoch – in
mein eigenes Gesicht. Ich stand vor mir in der Türe, blickte
verachtend auf mich herunter. Betrunken und benebelt von
Hustensaft und noch einigem anderen. Als ich es mit der
Angst zu tun bekam, drückte ich mich von der
Wohnungstüre weg, weiter über den Gang. Das Stiegenhaus
war nicht mehr weit. Leider waren die Stufen so hoch, dass
ich es nur liegend schaffen würde. Ich gähnte und ratterte
dann die Stufen hinunter, bis ins Erdgeschoss. Dort
angekommen, versuchte ich mich vergebens an der Palme,
die dort stand, hochzuziehen. Der Topf rollte davon, bis ich
die Palme endlich umgeworfen hatte.

Darunter befand sich ein Brett mit Rädern, das ich gut
gebrauchen konnte. Zuerst am Bauch rollend, dann am
Eingangstor hochkämpfend, stand ich endlich vor dem
Haus. Ich hatte es geschafft. Kurz fragte ich mich, wie um
alles in der Welt ich so schnell betrunken werden konnte.
Dann schliff ich meine Beine abwechselnd nach vorne bis
zur Straße, die eine Zeit hilfreich bergab ging. Sofort setzte

ich mich auf's Rollbrett, startete los und knallte nach etwa fünfzehn Metern in ein parkendes Auto.

Es tat mir nicht weh. Nein. Ich stand sogar augenblicklich auf und entfernte mich vom Tatort. Komisches Gefühl – wie schweben. Wie gleiten. Außerdem glühte ich förmlich, war erhellt und die Straße, die Autos und die Menschen – alles – war angenehm leise gedreht. Gütig lächelnd flog ich an den Passanten vorbei, die mich fasziniert und gleichzeitig geschockt anstarrten. Vorbei an den Autos, den roten Ampeln, den Hunden – die den Moment nutzten, um unbemerkt irgendwo hinzukacken. Ich ließ es geschehen.

Bald flog ich über den Häusern, dem Stadtteil. Aber nicht zu lange, denn da vorne war bereits mein Ziel. Vorsichtig setzte ich barfuß auf den kalten Steinen auf. Entspannt atmete ich die Nachtluft. Schritt für Schritt ging ich weiter, trotz geschlossener Augen wusste ich genau, wo ich war. Vorsichtig strich ich mit meiner Hand über das Geländer der Brücke, die alte Lackierung war spröde, Wind zog mir ins Gesicht. Als ich die Augen wieder öffnete, sah ich hinunter, so weit, dass ich schon springen wollte, um meinem Blick zu folgen. Es war immer dieselbe Brücke. Und jetzt war ich hier. Betrunken, aber doch wieder klar im Kopf. Der Blick nach unten gerichtet. Spring!

Warum nicht? Was hast du schon zu verlieren? Du hast nichts, du bist nichts und niemanden interessiert es, ob du da bist. Es hätte sogar den Vorteil, dass deine Mutter gleich für zwei trauern könnte. Du hast es doch satt, du bist müde. Ja, so müde, dass du dich schlafen legen kannst. Einfach springen, einschlafen und alle Sorgen sind vergessen. Es ist nur der Lauf der Dinge.

»Man fliegt sicherlich eine Zeit«, sagte eine weitere Stimme.

»Hoch genug ist es allemal«, antwortete ich.

»Wieso wollen Sie es tun?«, fragte die Stimme.

»Ich will einfach nicht mehr«, sagte ich nach einem Moment.

»Wieso willst du es tun?«, frage ich etwas trotzig zurück. Die Stimme antwortet nach einer kurzen Denkpause.

»Wissen Sie, man wird auf das alles nicht vorbereitet. Man nimmt sich das Beste vor, geht raus in die Welt und sobald man das verlassen hat, was man kennt, ist man alleine.«
Nur zu gut kannte ich das Gefühl, ich hatte keine weiteren Fragen.

Nachdem ich mich geräuspert habe, spuckte ich hinunter und zählte. Leider hatte ich keine Ahnung wie man die Zeit in Meter umrechnet, also schätzte ich die Brücke auf zehn bis fünfzehn Meter. Weiterhin starrte ich nur in den dunklen Abgrund, das als Lösung vor mir lag.

»Was haben Sie im Büro gemacht?«, fragte die Stimme. Eigentlich wollte ich schon antworten, aber es war doch etwas irritierend. Komische Frage. Auch die Stimme war für eine Stimme in meinem Kopf recht weit entfernt. Außerdem wäre es das erste Mal, dass ich eine andere Stimme in meinem Kopf hören würde, als meine eigene. Neugierig drehte ich mich nach links, dort stand jemand. Erst nachdem ich meine Augen durch Zusammenblinzeln an das Licht anpassen konnte, erkannte ich ein Gesicht.

»Michael. Aus dem Büro«, meinte das nicht gänzlich unbekannte Gesicht.

Es dauerte, bis ich ihn als den Typen erkannte, den ich mit Suizidgedanken verband. Er war da. In echt, in Farbe und auf der Brücke.

»Was machst du denn hier?«, wollte ich wissen.

»Was machen Sie hier?«, fragte er zurück.

Plötzlich passte es mir ganz und gar nicht mehr, dass wir auf der Brücke standen. Ich wurde wütend und mit einem Mal war ich wieder im Hier und Jetzt. Warum um alles in der Welt sollte er von der Brücke springen? Er war vielleicht 25 Jahre alt und hat noch drei Viertel seines Lebens vor sich.

»Das haben Sie auch«, entgegnet der Klugscheißer, es machte mich nur noch wütender. Und er hatte noch viele weitere Erklärungen für viele weitere meiner Fragen. Wie beispielsweise, dass ihn niemand vermissen würde, da er keine Familie mehr hätte und alleine in eine Stadt gezogen sei, in der er sich nicht zurechtfände. Dass er so unglücklich verliebt sei, dass er es kaum mehr aushält und auch wüsste, dass sie nicht in ihn verliebt sei.

Oder dass sein bester Freund auf Weltreise ging, sich verliebte, heiratete und nicht mehr zurückkehren würde. Letzteres war schon recht einzigartig, dennoch begriff ich etwas, das ich nie mehr vergessen sollte, auch wenn es offensichtlich und simpel war. Ich war nicht der einzige Mensch, dem es schlecht ging. Zwar war das kein allzu großer Trost, aber man sollte auch an all die Menschen denken, die schlimmeres erlebt haben und dennoch weitermachten. Tag für Tag. Tun und machen, weiter nach vorne gehen und die Hoffnung auf einen schönen Tag nie verlieren.

»Bist du öfter hier auf der Brücke?«, fragte ich.

»Immer öfter. Wir sind uns hier schon ein paar Mal begegnet«, meinte er.

»Ist das so?«, fügte ich hinzu, da ich keine Ahnung davon hatte.

»Sie haben bei mir geschlafen.«
Verwirrt starrte ich ihn an. Mein Kopf ratterte und dann wurde es mir klar: Die Wohnung in der ich einst aufgewacht war.

»Sie haben geschlafen wie ein Toter. Ich war in der Arbeit als Sie aufgewacht sind.«
Natürlich erinnerte ich mich.

»Wieso hast du das getan?«, fragte ich ihn.
Er hebt die Schultern.

»Keine Ahnung, wir haben uns ja aus der Arbeit gekannt.«
Ich dachte nach und dachte nach, aber es fiel mir kein Moment ein – außer als ich ihn am Schreibtisch überraschte –, in dem ich ihn in der Firma getroffen hatte. Mein Blick war wohl sehr aussagekräftig, weshalb er gleich fortfuhr.

»So geht es vielen. Man erinnert sich nicht an mich. Ich bin keiner, der laut in der Gegend herumschreit oder Aufmerksamkeit sucht. Ich bin einfach da. Dafür würde es aber auch keinen großen Unterschied machen, wenn ich weg wäre.«
Es war mir unangenehm. Immerhin schimpfte ich über die Menschen, sie seien ignorant und Idioten und war selbst keinen Deut besser.

»Es tut mir leid«, wollte ich zumindest gesagt haben. Er schüttelte nur den Kopf.

»Zumindest habe ich Sie wiedererkannt.«
Da musste ich lachen. Wiedererkannt war ein gutes Stichwort. Er hat mich – einen mehr oder weniger Fremden – von der Straße mitgenommen, in seiner Wohnung schlafen lassen, sein Gewand gegeben.

»Das Gewand bekommst du natürlich zurück«,
versicherte ich ihm noch. Er hatte mich gerettet. Es ging
weniger um die Tat, denn es hätte mich vielleicht auch
jemand anderes gefunden oder die Rettung hätte mich ins
Krankenhaus gebracht. Nein, das Menschliche dahinter.

In meinem Kopf war ich dieser nette und hilfsbereite
Mensch, doch nach Außen war ich das eben nicht. Das war
er. Na gut, vielleicht wäre es nicht schlecht gewesen, mich
ins Krankenhaus zu bringen, aber es ist gut gegangen. Ich
fühlte, wie man einen Stein von meiner inneren Mauer
entfernt hatte. Zwar waren schon einige davon
verschwunden, aber diesen hier konnte ich tatsächlich
fühlen.
  »Übrigens: Sie bluten«, warf er noch ein.
Ich fasste mir an den Kopf, das war wohl die Kollision mit
dem Auto vorhin.

Es war Zeit und wir beide gingen wieder von der Brücke in
die Richtungen, aus denen wir gekommen waren. Ich sagte
noch, dass er nichts überhetzen solle und dass ich ihm sein
Gewand zurückbringen würde. In ein paar Tagen oder so.
Damit er ein paar Tage etwas zu tun hat, auch wenn es nur
Warten war. Ich machte mir Sorgen. Weil ich verstand, was
es bedeutet, jeden Tag auf eine Brücke zu gehen, um jeden
Tag den Grund zu finden, wieder von ihr hinunter zu gehen
– und nicht zu springen.

Am nächsten Morgen weckte mich ein Pochen an der Tür.
Dazu eine Stimme, doch ich verstand kein Wort. 7:53 zeigte
die Uhr, ich öffnete, Erich lachte mich an und kam herein.
  »Ja, guten Morgen«, und schon war er am Fenster
und öffnete den Vorhang. Ich schloss die Türe, nachdem die

Nachbarin von gegenüber mit ihrem Kinn tief im Hals vergraben wieder mal wertend in meine Richtung blickte.

»Was ist denn los?«, fragte ich Erich, der offensichtlich auf mich wartete. Normalerweise war es so, dass wir – oder eher er – um diese Zeit irgendwo gerade zum Schlafen kam.

»Ich brauch' deine Hilfe«, es habe einen Ausfall gegeben und er würde einen Mann brauchen. Auf die Frage hin, worum es eigentlich ginge, schrie er fast euphorisch.

»Das Gemüse! Es muss raus, muss an den Mann und die Frau, mein Lieber! Die Leute brauchen was Gescheites zum Essen!«

Zwar erinnerte ich mich an seine Geschichte mit dem Gemüse, aber richtig ernst hatte ich sie nicht genommen. Falsch gedacht. Man liest öfters, dass Menschen sich nicht ändern. Das ist offensichtlich eine Lüge. Es gab Zeiten, da war er wie ein Geist, die Leute haben durch ihn hindurch gesehen, keiner nahm ihn ernst oder überhaupt wahr. Weiß wie die Wand war er sowieso die meiste Zeit. Jetzt stand er im Wohnzimmer und holte mich ab, um etwas mit Gemüse zu machen. Wenn das keine Veränderung war.

Mit der U-Bahn fuhren wir raus an den Stadtrand. Es ist das Gebiet, wo man alte Gebäude aus Industriezeiten findet die teils verlassen und zu verkaufen sind, einige davon wurden bereits neu adaptiert.

»Wir laufen etwas, es zahlt sich kaum aus, auf den Bus zu warten«, meinte er beim Aussteigen. Wir hatten noch nicht viel geredet, immerhin konnte ich mir einen Kaffee holen und schlürfte ihn, während Erich mir endlich erzählte, worum es ging.

»Ich war mal wieder unterwegs, betrunken und was weiß ich. In der Nähe der alten Stadtbahn, wo die ganzen Studentenlokale sind, versuchte ich ein paar Euro, oder ein Getränk zu erbetteln. Da kam diese Gruppe auf mich zu. Sie machten sich lustig über mich, gaben mir aber eine Dose Bier. Ich hing mich an sie, wir sind in einem Park gesessen und einer von denen redete mit mir. Genau kann ich nicht mehr sagen, was wir geredet haben, aber der erinnerte sich an mich.«
Erich stockte, lächelte dann aber gleich über das ganze Gesicht. Der junge Mann, der sich an ihn erinnert hatte – sie haben sich unterhalten, bis sich die Gruppe auflöste – war gerade mit dem Studium fertig geworden, er hätte einige Richtungen versucht, sei dann bei der Landwirtschaft hängen geblieben.

»Die Natur ist fair«, zitiert Erich ihn.

»Du gibst ihr, sie gibt dir. Du gibst ihr Wasser und Zeit, sie gibt dir Essen. Das ist doch fair, oder?«
Einen Moment lang blickte Erich in meine Richtung, er suchte auch in meinem Blick die Bestätigung, die er damals dem jungem Mann entgegenbrachte.

»Ich verstand, was er meinte. Es war so simpel und einfach, dass ich es sogar in meinem damaligen Geisteszustand verstand. Einfach verstand.«

Die Wiederholung der Worte sagte mir, dass er es verstanden hatte. Es war einer dieser Momente. Vielleicht sogar der Moment, in dem sein Leben sich rapide zu ändern begann.

Noch faszinierender war aber, was der junge Mann dann getan hat. Er war nicht dumm, hatte aber kaum Geld und wollte etwas machen, das ihm Spaß machte. Arbeit, die verändert. Als seine Mutter vor einigen Jahren verstorben war, erbte er etwas Geld von ihr, das er bis zu dem Tag nicht angerührt hatte. Bis er sich entschied, ein altes Gebäude zu mieten. Vor dieses Gebäude führte mich Erich, ich blickte an einem großen, alten Ziegelbau hoch.

»Er wusste, dass ich trinke. Er wusste, dass ich kein richtiges Zuhause mehr hatte«, meinte Erich und blickte selbst hoch auf das alte Gebäude.

»Dennoch gab er mir eine Chance. Oder genau deshalb.«

Der junge Mann wusste, er könnte es nicht alleine schaffen. Er brauchte jemanden, der ihm hilft, der ihm treu zur Seite steht und der am besten gratis arbeitet. Zumindest eine Zeit. Er gab Erich die Chance, sich am Montag darauf zu treffen und zu reden. Erich erschien, er war einigermaßen sauber und – seit einer Ewigkeit – nicht betrunken oder auf irgendwas drauf.

»Wenn du ein Ziel vor Augen hast, kannst du alles schaffen. Und das war ein Ziel, das mir gut gefallen hat«, fügte er noch hinzu, öffnete die Türe und wir betraten die Halle.

Es ist schwer zu beschreiben, aber in dieser riesigen Halle standen jede Menge Regale, die nebeneinander und versetzt wie ein Dreieck nach oben aufgebaut waren.

Diese Regale hielten Kanäle, die etwas schräg gelagert, auf der einen Seite Wasser über einen Schlauch bekamen, auf der anderen Seite wurde das Wasser wieder gesammelt, aufbereitet und wieder in die Kanäle geschickt. In den Kanälen wiederum waren eine Menge Pflanzen. Wirklich eine Menge! Klein und groß, Grün soweit das Auge reicht und dazwischen gelbe, rote und orange Flecken. Tomaten, Paprika, Salat. Zwar sah alles noch sehr selbstgebastelt aus – was es ja auch war – dennoch kam ich mir vor wie in einer kleinen, futuristischen Welt.

»Das Gebäude hat als eines der wenigen eine durchgehende Glasfläche an der Decke«, fuhr Erich fort

»Viel Licht von draußen und so gut wie keine Schädlinge. Es dauerte einige Monate, aber jetzt beginnen wir zu liefern. Oder besser gesagt, wir verschenken. Nur solange, bis wir dadurch ein paar Kunden an Land gezogen haben.«

Erich schlief die erste Zeit sogar hier. Er und der junge Mann waren gute Freunde geworden und sobald das Geschäft liefe, würde Erich daran beteiligt.

»Manchmal hat man Glück«, grinste er, als der junge Mann aus den unzähligen Tomatenstauden zu uns kam.

»Hallo!«, rief er uns zu, »ich bin der Niklas. Kannst gerne Nik sagen.«

Wir schüttelten uns die Hände, bereits sein Lächeln strahlte etwas aus, das einen vor Neid rot werden oder einfach das Herz aufgehen ließ. Er ist einer der Menschen, die viel geben und dafür auch viel bekommen. Er hat keine Angst und versteckt sich nicht. Zwar wirkte er irgendwo schüchtern, nicht aber hier in seinem Element, in seiner Schöpfung.

»Wir haben lange Wochen und Monate probiert, aufgebaut, eingestellt und am Boden geschlafen. Aber es hat sich ausgezahlt. Weißt du warum?«

Er fasste in eine Staude, zog eine Tomate hervor, die rot und saftig aussah. Er roch daran, schloß dabei seine Augen und lächelte, genoß den Moment ohne Vorbehalt. Mit einem fast zufriedenerem Blick als Gandhi reichte er mir die Tomate.

»Darum.«

Ich inspiziere diese Tomate, als Nicht-Experte sah sie für mich aus, wie eine Tomate. Nik wartete auf eine Reaktion. Jetzt wusste ich, wo Erich sich das antrainiert hatte.

»Du wirst dir denken: Ja, eine Tomate. Habe ich schon oft gegessen. Aber: Nein! Diese Tomate wächst 20 Minuten von dort entfernt, wo du lebst. Nicht nur im Sommer, sondern das ganze Jahr hindurch. Wir pflücken sie mit unseren eigenen Händen, liefern sie und wenn du schnell bist, kannst du eine gute Stunde nach der Ernte in deine Frühstückstomate beißen. Keine tagelange Anreise aus entfernten Ländern, keine Pestizide. Außerdem gibt es gegenüber eine Wäscherei. Wir wollen es schaffen, mit deren heißem Abwasser den Winter über zu heizen.«

Die Führung dauerte noch länger, wahrscheinlich hatte er sie bereits hunderte Male gemacht, dennoch sprach er stets, als ob es das erste Mal wäre. Derselbe Elan. Dieselbe Begeisterung. Nicht mit allem konnte ich etwas anfangen. Es fiel mir schwer, eine ähnliche Begeisterung dafür aufzubauen. Noch dazu, weil ich mich bis dato nicht im Ansatz dafür interessiert hatte. Es klang aber nach einer guten Sache. Wie etwas, das Sinn ergab.

Also pflückten wir Gemüse. Wir packten es in kleine Schachteln, jeweils zwei Tomaten, einen gelben und einen grünen Paprika. Mit diesen Schächtelchen machten wir uns

auf die Reise zurück in die Stadt, zuerst besuchten wir einige
Firmenzentralen, die scheinbar als Kunden gewonnen
werden sollten. Nik schaffte es fast immer, die
Empfangsdame – oder den Empfangsmann – so weit zu
beschwichtigen, bis zumindest die kleine Schachtel irgendwo
hingetragen wurde. Manchmal durfte er es selbst machen,
dann wusste man, dass es etwas dauern wird, bis Nik wieder
zurückkam. Man konnte ihm einfach nicht nein sagen. Als
wir fertig waren, war es bereits Nachmittag.
Nik verabschiedete sich mit zwei weiteren Schächtelchen,
die er in zwei weitere Cateringfirmen bringen wollte.

»Bei einem habe ich ein sehr gutes Gefühl!«, grinste
er und verschwand in der Menge, während wir mit dem
letzten Gemüse in der Fußgängerzone noch etwas Werbung
machten und zusammen mit Flyern verschenkten.
Es machte mir Spaß, es war etwas ganz anderes und die
Leute umher konnten auch schnell begeistert werden.
Immer wieder fand sich jemand, der wie Nik am Gemüse
roch, grinste und uns nur das Beste wünschte.

'Weiter so! Das ist der richtige Weg!'

Erich genoss die Aufmerksamkeit, endlich hatte er etwas
gefunden, das er gerne machte. Zwar trank er immer noch
ein paar Mal die Woche seine Bier, aber heute ist das mehr
Belohnung als Gewohnheit. Nach einem Tag voller Arbeit,
die für ihn so viel Sinn ergab, dass er alles aufgegeben hatte,
wofür er früher stand. Nicht zuletzt war es Niks Verdienst.
Während ich das Gemüse – eines nach dem anderen –
verteilte, beneidete ich die beiden darum. Darum, etwas zu
haben, das so viel größer war als sie selber. Ein Ziel vor
Augen. Etwas, das verändert. Nicht nur sie selbst – oder
ihren Kontostand – sondern etwas, mit dem sie tatsächlich

positiv in die Gesellschaft eingreifen können. Ich war begeistert. Ich war neidisch.

Die letzten Schachteln waren fast leer, mein Kopf dagegen wieder mal sehr voll. In Gedanken blickte ich durch die Menge, sah die vielen Gesichter und Menschen. Jeder lebt in diesem Augenblick sein Leben. Jeder geht einer Sache nach. Jeder hat ein Ziel – ob der nächste Supermarkt oder das wichtigste Meeting seines Lebens. Leer atmete ich durch, erkannte auf die Weite ein bekanntes Gesicht.

In einer kleinen, dunklen Nische an einer Mauer erkannte ich das Mädchen, mit dem ich diskutiert hatte. Mimi war ihr Name. Mit zugekniffenen Augen versuchte ich zu erkennen, was sie macht. Erst meinte ich, sie diskutierte mit einem wie mir, aber es war etwas anderes. Ihr Gegenüber war ein stämmiger Mann, offensichtlich trainiert, tätowiert – und er stieß sie gegen die Mauer. Dann wurde wieder weiter diskutiert, sie sah sehr irritiert aus, sein Gesicht konnte ich nur hin und wieder von der Seite erkennen. Soll ich mich einmischen? Was passiert, wenn ich mich dem Typen in den Weg stelle? Kurz überlegte ich, dachte nach, was Nik machen würde. Komisch, wieso fällt mir gerade Nik ein? Was sollte er schon machen? Die Tomate nehmen und daran riechen? Einen Moment.

»Erich, diese Tomaten sind dafür da, Gutes zu tun. Oder?«
Seinem Gesichtsausdruck nach konnte er mit meinem Satz nicht viel anfangen, dennoch nickte er.

»Aber natürlich. Warum fragst du?«
Stumm nahm ich eine Tomate an mich, ich roch daran. Herrlich. Auf die Weite fixierte ich den Typen, der vor Mimi stand. Er tippte gerade mit seinem Zeigefinger auf ihre

Schulter, ihr Körper schwankte bei jeder Berührung. Mit einem Mal nahm ich allen Mut zusammen, den ich in mir finden konnte, holte aus. Erich sah irritiert auf die Tomate.

»Was...«, wollte er gerade fragen, als ich wie ein Katapult die Tomate über die Menge schleuderte. Und sie flog! Weiter und weiter, die Leute darunter bekamen nicht mal etwas davon mit, während die Tomate genau auf den Typen zu flog. Es waren nur mehr ein paar Meter, als ein hochgewachsener Italiener – zumindest sah er so aus – in die Schussbahn kam. Glücklicherweise trug er eine Schildkappe, welche die Tomate seitlich traf, explodierte und verstreut noch etwas Wegstrecke bis zum muskulösen Typen zurücklegte.

Es waren nur noch Tropfen die schlussendlich ankamen, ich war dennoch stolz auf meine Tat. Der Typ aber bemerkte das, drehte sich um und sein Blick wanderte über den großen Italiener weg, über die Menge und landete geradewegs bei mir. Wie er das herausfinden konnte, war mir nicht ganz klar, aber womöglich war ich der einzige, der ihn anstarrte und ich hielt meine Wurfposition noch inne. Der Blick verfinsterte sich und auch Mimi suchte durch die Menge, bis sie überrascht auf mein Gesicht stieß. Der Italiener schimpfte etwas herum, wurde aber vom Typen einfach weggeschoben.

Der Weg von ihm zu mir, der eigentlich voller Menschen war, leerte sich schnell und es dauerte nicht lange, da stand er vor mir. Er sah mich an. Sah dann Erich an, der mit einer Paprika in der Hand hinter mir auf ihn hoch sah und verlegen lächelte. Weil ich noch nie in einer solchen Situation war, wusste ich auch nicht, was ich tun oder wie ich reagieren sollte. Ich stand einfach da, blickte ihn aussagelos an und eigentlich hatte ich erwartet, bereits am Boden zu liegen. Langsam, aber angespannt, begann der Typ – der aus der Nähe noch größer wirkte – zu reden.

»Hast du gerade versucht, mich mit einer Tomate abzuschießen?«

Natürlich hätte ich es leugnen können, aber der Fall lag doch recht klar auf der Hand. Ich wurde in flagranti erwischt. Nachdenken brachte nicht mehr viel.

»Ja«, war meine Antwort. Er atmete so laut durch, dass seine Nasenflügel flatterten.

»Und wieso?«, wollte er gerne wissen, während es mir ein Rätsel war, wieso er sich so zusammenhält. Immerhin waren auf seinen Armen die Venen bereits hübsch blau hervorgekommen.

»Naja«, sagte ich, »ich hatte das Gefühl, dass Mimi Hilfe gebraucht hatte und die Tomate war schneller als ich.«

Er sah mich an. Einen langen Moment. Plötzlich lachte er los, seine Venen verschwanden mit einem Mal und er knickte förmlich vor lachen. Ich traute mich nicht mitzulachen, außerdem hörte er auch bald wieder auf, legte seine recht schwere Hand auf meine Schulter und sah mich wieder ruhig an.

»Und was mache ich jetzt mit dir?«, fragte er.

Antwort gab Mimi, die gerade unsere illustre Runde erreichte.

»Lass ihn in Frieden!«, keuchte sie und zog seine Hand von meiner Schulter. Sie stritten wieder, dieses Mal darüber, was ich für meine Tat erwarten dürfte. Sie wollte mich einfach gehen lassen. Er war allerdings davon überzeugt, noch etwas ausgleichen zu müssen.

»Seit du in dieser Hilfegruppe bist, glaubst du wohl, man könne alles Auge um Auge klären«, fährt sie ihn an.

»Was willst du?«, gibt er zurück, »ich bin ruhig und rede erst, bevor ich etwas tue. Er hat sich eingemischt, obwohl es ihn nichts angeht und muss jetzt dafür bezahlen.« Sie versuchte das alles abzuschmettern, bis ich mit einem Satz all ihre Bemühung ruiniere.

»Ich gebe ihm Recht.«
Mimi sah mich schockiert an, der Typ grinste als hätte er mich gerade Schachmatt gesetzt. Es war zu bezweifeln, dass er das Spiel tatsächlich beherrschte – nicht einmal ich tue das und ziehe Vergleiche.

»Ich habe mich eingemischt. Stimmt. Was würdest du gerne machen?«, fragte ich den Riesen.
Da er diese Frage wohl noch nie gestellt bekommen hat, musste er überlegen. Eine kurze Drohung von Mimi wurde ignoriert und er bot eine Schlag-Kombination auf den Torso, oder einen direkten Schlag ins Gesicht an. Beides würde ihm Spaß machen.

»Was auch immer«, meinte ich, Mimis Blick ging ins Unverständliche.

»Aber ich werde nicht einfach dastehen und mich nicht wehren«, fügte ich hinzu. Das schien ihn nicht sehr zu stören und ich fuhr fort.

»Da das Schlagen von Menschen ja eigentlich gegen das Gesetz ist, könnte ich dich danach anzeigen. Was ich nicht tun werde, wenn du mit mir eine Wette eingehst.«
Er verstand nicht gleich. Ich vorerst auch nicht.

»Was für eine Wette?«
Ich hatte seine Aufmerksamkeit.

»Wenn du gewinnst, gebe ich dir zehn Euro«, setzte ich fest.

»Dann kannst du sie mir auch gleich geben«, versuchte er abzukürzen. Da hatte ich aber was dagegen.

»Nein, nein, das wäre gegen die Wette. Wenn du die zehn Euro gleich nimmst, darfst du mir keine mehr reinhauen«, was ihm nicht gefallen hatte, da er beides wollte.

»Wenn ich jedoch gewinne …«, wollte ich abschließen, er fuhr aber dazwischen.

»Bekommst du von mir sicherlich keine zehn Euro.«
Ich schüttelte den Kopf.

»Ich will keine zehn Euro von dir. Wenn ich gewinne, darfst du Mimi nicht wiedersehen.«
Unerwartet stieß er ein süffisantes Lachen aus, dachte darüber nach, sah auf Mimi. Mit den Augen fuhr er an ihrem Körper runter und wieder rauf, als würde er prüfen, was er vermissen würde.

»Du kannst aber kein Karate oder so einen Scheiß?«, wollte er noch wissen. Ich schüttelte wieder den Kopf. Auch mich prüfte er nochmal von oben bis unten. Die Sache war für ihn klar. Schach.
Kurz war ich weg, kam auf dem Boden wieder zu mir. Ich öffnete meine Augen, es gelang mir aber nur mit dem rechten.

»Du Idiot«, fuhr mich Erich an, der meinen Kopf hielt.

»Was denkst du dir, wenn du so etwas durchziehst?«
Ich lächelte, ohne ein Wort zu sagen. Erich erzählte mir vom Schlag ins Gesicht, wie der Typ meine Brieftasche suchte, zehn Euro nahm, mir die Brieftasche auf den Kopf warf und verschwand. Mimi folgte ihm schimpfend und fluchend. Blut floss in mein Auge, meine Nase schmerzte auf diese komische Weise, wie nur eine Nase schmerzen konnte. Auch mein Mund tat weh - seine Faust war doch sehr groß gewesen.

Als ich am Boden saß und mich umsah, war ich zwar enttäuscht, dass mein Plan nicht aufgegangen war, aber auch überrascht, dass die Leute ringsumher an mir vorübergingen. Jeder. Keiner blieb stehen, nur hin und wieder erntete man einen Blick erfüllt von purem Entsetzen. Erich packte zusammen, wir sollten besser in ein Krankenhaus.

Als ich ein altes Taschentuch an mein linkes Auge presse und meinen Blick in die Menge verlor, erschien plötzlich Mimi vor mir. Sie kam näher und näher, blieb vor mir stehen. Sie kniete sich nieder und holte ein frisches Taschentuch hervor, drückte es mir vorsichtig auf mein Auge. Ich lächelte sie an. Schachmatt.

Eigentlich hätte ich unglücklich sein sollen. Ich saß in der Ambulanz mit einem Gesicht, welches immer blauer und größer wurde. Wenn auch nur auf einer Seite. Doch ich war nicht unglücklich. Es ging mir gut. Wegen der Frau, die in diesem Moment dafür sorgte, dass ich bald drankommen würde. Einfach, weil sie da war. Erich konnte dadurch auch zurück zu Nik, außerdem wartete Cassy auf ihn. Mimi drehte sich zu mir, gab mir einen kühlen, hellblauen Gelpolster, den ich vorsichtig auf meine Wange legte. Sie saß gegenüber, sah mich eine Zeit lang an.

»Du bist ein Idiot«, meinte sie.
Es war gerade sehr anstrengend für mich zu reden, was sie scheinbar wusste, denn sie wartete nicht auf Antworten meinerseits.

»An einem anderen Tag hätte er dir was gebrochen. Ohne vorher mit dir zu reden.«
Ihr Blick schweifte ab. Man sah, wie sie sich Gedanken machte. Nur zu gern hätte ich gewusst, welche.

»Du dachtest, du könntest planen, wie die Sache enden sollte. Hm? Du stellst dich hin, er stellt sich hin. Du bringst ihn dazu, seine Deckung aufzugeben und opferst dich förmlich für mich.« Während sie das so erzählt, bestätigt sich für mich nochmal der Vergleich mit einem Schachspiel. Ich opfere mich für die Königin und diese holt zum letzten Zug aus. Gut, es gibt bei dem Vergleich keine Könige – ich bin wohl ein Bauer und der Muskelprotz ist so etwas wie der Turm. Gerade aus, links, rechts, zurück. Passt zu ihm.

»Du hast nur Glück, dass ich eine Romantikerin bin.« Sie lächelte etwas verschmitzt, was dann bald in ein wunderschönes Lächeln überging. Lange sah ich sie an, lachte zurück und eine Träne floss meine Nase entlang. Als sie ihr Lächeln zurücknahm bemerke ich, dass es eigentlich keine Träne war, sondern Blut, das mir zuerst ins Auge geflossen und dann als falsche Träne wieder hervorgekommen war. Vorsichtig tupfte ich sie ab. Endlich kam jemand, um mich abzuholen. Bevor ich den Raum verließ, drehte ich mich um und sah sie noch einmal an. Sie blickte zurück, winkte für einen Moment. Wenn nicht während der Diskussion auf der Straße, dann habe ich mich in diesem Augenblick in sie verliebt.

Man nähte an meiner Augenbraue die Wunde zu, der Rest war nur geprellt, brauchte Ruhe und Zeit, um zu heilen. In meinem Auge waren ein paar Äderchen geplatzt, was mir eine unheimliche Erscheinung einbrachte. Außerdem machte man mich darauf aufmerksam, dass ich zusätzlich einen Augenarzt aufsuchen sollte, da man eine Verletzung im Auge vermuten musste. Insgesamt also der Preis, wenn man für etwas einsteht.

Mimi begleitete mich nach Hause, es war bereits Abend geworden. Wir redeten, die Schmerztabletten wirkten und bald schlief ich tief und fest.

Am nächsten Nachmittag, wachte ich winselnd auf, da ich mich auf die geschwollene Seite gedreht hatte und musste mich erst sammeln und orientieren. Der Schlag auf den Kopf war doch härter als gedacht. Mimi war schon lange weg, ich hatte Hunger und Durst. Kaltes Wasser war in Ordnung und spülte die nächste Tablette mit sich.

Da ich keinen Plan hatte, was ich tun sollte oder wollte – mein Kopf brummte und war unglaublich unstimmig - setzte ich mich an den Computer. Nach mehrmaligem Drücken des Einschaltknopfes – immer fester werdend –, erinnerte ich mich an den Stromausfall. War das immer noch nicht erledigt? Genervt brummte ich tief aus der Kehle und suchte weiter nach dem Problem. Das Öffnen des Stromkastens war nicht sehr aufwendig und mit einem Klick war auch die Sicherung wieder drinnen. Eigenartig. Alles schien zu funktionieren. Meine Neugierde und meine im Übermaß vorhandene Zeit, machten aus mir einen Detektiv. Doch die Lösung war einfach und schnell gefunden. Ich verbrachte am Tag als der Strom verschwand die meiste Zeit am Computer, also begann ich auch dort zu suchen.

An der Tischkante lag ein Becher, aus dem rotbraune Flüssigkeit ausgetreten und auf den Stromverteiler unter den Tisch getropft war. Bis heute alles längst trocken. Es war also meine Schuld, da ich den Becher ausgeschüttet hatte. Nicht mehr. Keine offenen Rechnungen, oder was ich sonst in Verdacht hatte. Welchen Aufwand ich betrieben hatte, nur weil ein Becher umgefallen war. Es nervte mich zwar im ersten Moment, aber ich wäre nicht hier, wo ich jetzt bin, wäre das nicht geschehen.

So startete ich den Computer, surfte etwas umher, informierte mich in den Nachrichten, ließ mir das Wetter vor dem Fenster bestätigen und landete auf einer Seite mit Jobangeboten. Nach wie vor war ich immer noch nicht beim Arbeitsamt gewesen, um den Rest nachzubringen. Wollte in meinem Zustand auch nicht dort hin. Später sah ich mir noch Wohnungen und Autos an, nahm an Gewinnspielen teil. Nach einigen Stunden war ich übersättigt und hatte das Gefühl, viel gemacht und erledigt zu haben. Hatte ich aber nicht. Nicht einmal etwas gegessen.

Noch bevor ich mich darüber ärgern konnte, klopfte es. Erich und Cassy standen vor der Türe – frische Tomaten mit lieben Grüßen und guter Besserung von Nik – sowie Spaghetti.

»Daraus lässt sich schon was machen«, meinte Cassy und verschwand in der Küche, die sie etwas verstimmt betrat.

»Hier warst du wohl länger nicht«, wahrscheinlich bereute sie ihre Anteilnahme bereits. Wir redeten, aßen, tranken Bier. Wobei ich mein Bier eher auf meine Wange hielt und nicht mal öffnete. Es war ein schöner Abend, ein gutes Gespräch. Die Wohnung war seit langem wieder gefüllt mit mehr als nur meiner Meinung.

Die nächste Schmerztablette vor dem Schlafengehen sagte mir, dass der erste Tag bereits vorbei war – laut dem Arzt wären die ersten zwei die schlimmsten. Ich dachte an Mimi, was sie wohl macht. Es war mir auch aufgefallen, dass ich keine Kontaktdaten hatte, um sie danach zu fragen.

Zwar wollte ich sie eigentlich bald wiedersehen, aber es kamen mir bereits erste Zweifel. Wenn sie mit dem muskulösen Typen zusammen war – was will sie dann mit mir? Ich bin womöglich das exakte Gegenteil. Zwar wollte ich nichts verrufen, aber der Gedanke, dass man eben einen Geschmack hat und dem folgt, demotivierte mich. Vielleicht war es doch nicht so schön wie es aussah.

Am nächsten Morgen war alles ruhig. Ich saß da mit meinem Kaffee, dachte nach, was ich alles zu erledigen hatte. Mit einem Stechen im Herzen fiel mir wieder die Beerdigung meines Vaters ein. Ich war so erschrocken und nervös, wie konnte ich das vergessen! Nicht einmal meine Mutter hatte ich angerufen. Was für ein toller Sohn war ich denn?

Nachdem ich mein Handy gefunden hatte – es war noch immer angesteckt und somit auch voll geladen – telefonierte ich endlich mit meiner Mutter. Nach dem ersten Schock waren ein paar Tage vergangen, ich ließ sie erzählen und hörte zu, dabei dachte ich nach, wann ich meinen Vater das letzte Mal gehört oder gesehen hatte.
Wenn ich mich nicht täuschte, hatte er mich vor einiger Zeit angerufen. Er rief eigentlich nie an, außer wenn er was gebraucht hatte, oder wissen wollte. Es war irgendetwas im Garten, er suchte ein Gerät oder so. Zwar waren wir nie die besten Freunde in unserer Beziehung als Vater und Sohn, dennoch hatten wir einen Draht zueinander, der dünn gespannt und solide war. Wenige Worte reichten, man wusste durch Mutter immer, was der andere machte und wie es ihm ging.

Er sorgte sich schon um uns und seine Familie. Die Fähigkeit, dies anders zu zeigen, als zu arbeiten und uns ein gutes Leben zu ermöglichen, die besaß er leider nicht. Wie sein Vater sie schon nicht besaß. Meine Mutter erzählte weiter, was die letzten Tage vor seinem Tod passiert war, wie es ihm ergangen war, was er sagte und machte. Auch wie die nächsten Tage aussehen würden, wann und wo die Beerdigung stattfinden würde.

Ich notierte mir alles, es waren noch vier Tage. Erst als sie bald nicht mehr wusste, was sie reden sollte, erzählte ich vorsichtig von meinem Krankenhausaufenthalt. Da sie sich schon immer schnell Sorgen machte und sowieso viel um die Ohren hatte, erwähnte ich das mit dem Job gar nicht erst. Eines nach dem anderen. Sie bedankte sich für meinen Anruf, sie habe sich Sorgen gemacht. Außerdem freue sie sich auf meinen Besuch. Alle würden da sein, auch darauf freue sie sich. Um an einem Tag wie diesem nicht nur Negatives zu sehen.

Positiver denken – das konnte meine Mutter immer gut. Als Jugendlicher musste ich mir alles mögliche anhören und dachte oft, sie wäre so blind, dass sie viele Sachen einfach nicht wahrhaben will und solange verdreht, bis es ihr passt. Immer wieder machte sie aus Rot ein Grün, aus einem Verlust etwas Gewonnenes. Es war schrecklich! Nichts konnte sie erschüttern. Kleinbürgerlich und gottesfürchtig, immer ein Lächeln im Gesicht und immer das Gute vor Augen.

Sie sagte ständig »Wenn du nur daran glaubst«, und »Irgendwann kommt das Glück von alleine«. Ich hasste sie dafür. Immerhin war ich ihr Sohn. Warum waren so viele Sachen für mich so schwer und für sie so leicht? Oder zumindest sah es so leicht aus. Sie hatte es mit uns sicherlich auch nicht einfach, dennoch verlor sie nie ihren Glauben, ihre Richtung. Aber man muss erst 30 werden, um das zu erkennen.

Nach wie vor kann ich damit nicht viel anfangen, dennoch habe ich gelernt, es zu schätzen. Eltern sind schon etwas Eigenartiges. Zuerst liebst du sie, dann hasst du sie. Solange sie da sind ist es dir egal, sobald sie weg sind, vermisst du sie wie nichts auf der Welt. Auch wenn meine Eltern nicht die innigste Beziehung führten, so muss es doch unvorstellbar sein, nach all den Jahren plötzlich alleine zu sein.

Als ich so nachdachte, bemerkte ich, dass ich zunehmend zu blinzeln begann. Aber abwechselnd, einmal links, einmal rechts. Irgendetwas war da. Gerade so, als ob das linke Auge etwas dunkler sähe. Beim Blinzeln in den Raum stieß ich auf das Gewand von Michael, das ich an der Eingangstüre gelagert hatte. Da ich jetzt wusste wem es gehörte, konnte ich es ja zurücktragen. Außerdem war es in der Wohnung kaum mehr auszuhalten.

Bevor ich mich aufmachte, war es für mich an der Zeit, meinen Bart mal etwas zu stutzen. Er hatte mittlerweile eine ansehnliche Länge erreicht und stand mir ganz gut. Dennoch wollte ich das Wachstum etwas zügeln, da mein Aussehen bereits in eine Richtung ging, die eine andere Lebenseinstellung voraussetzte. Das Stutzen dauerte nicht lange, das Aufputzen der Barthaare, die wie wild in jedes Eck gesprungen waren, dafür umso länger. Blöd war, dass meine Wange, die langsam eine gelbliche Färbung bekam, dadurch besser sichtbar wurde. Als ich vor dem Spiegel die Wunde meines Erfolges betrachtete, fragte ich mich, was Mimi wohl gerade machte. Hat sie sich doch umentschieden? Hat sie einfach viel zu tun? Mit einem größeren Pflaster bedeckte ich noch eine offene Stelle, danach war ich bereit.

Wieder ging ich zu Fuß den Weg zu Michael, es war ein bewölkter Tag, was mir und meinem geschwollenen Gesicht entgegen kam. Wenn ich zu fest aufgetreten war, spürte ich, wie die Vibration vom Fuß aus in den Kopf wanderte und dort die Backe scheinbar zum Vibrieren brachte. Ein dumpfer Schmerz, der zwar vorhanden, aber wohl nach wie vor Dank der Tabletten nicht fühlbar war. Es gefiel mir so gut wie schon lange nicht mehr, einfach durch die Stadt zu spazieren.

Der Lärm war da, aber nicht unangenehm. Die Leute schrien und redeten, aber ich genoss es. Der Wind umkreiste die wenigen Bäume, die Autos stanken auf wunderbare Weise und der bis zur Unendlichkeit reparierte und geflickte Gehweg sah aus wie ein großartiges Mosaik. Zufrieden mit der Welt kam ich auf die Brücke zu als mir einfiel, dass Michael wohl in der Arbeit sein würde. Hm. Kurz stockte ich, es dauerte aber nicht lange und ich saß an einem kleinen Tisch an der Straße – ein liebes Café wie man es aus Filmen kennt, mit Blick auf die Leute, die Straße, und schließlich die Brücke.

Also war ich dort. Einfach dort. Immer wieder starrten die Leute auf meine Wunden, doch sie schienen nicht zu verstehen, dass diese schrieen: Ich habe etwas erlebt! Ich habe etwas riskiert! Ich habe gelebt!
Und jetzt war ich dort. In diesem Café. Auf diesem Stuhl. Und es störte mich keine Sekunde, wie sehr die Leute auch gafften. Klar, ich könnte jedem erklären, warum ich denn so stolz war, diese Wunden zu tragen, aber das wäre wohl etwas verlogen. Darüber dachte ich nach, schlürfte an meinem Kaffee und starrte raus in die Menge an Leben, die an mir vorüberzog. War es mir wirklich egal, was die anderen

dachten? Das war doch früher nicht so. Immerhin habe ich schön brav darauf geachtet, was ich wem sagte, was ich tat und für wen, welche Ausbildung ich … da war etwas. Meine Ausbildung. Angestrengt dachte ich zurück an die Zeit als ich gerade den Sprung aus der Schule machte. Offen stand mir alles, von der Lehre bis zum Studium – womöglich auch das Abbrechen und Abhauen in ein fremdes Land. Ich entschied mich für eine Laufbahn im Handel, machte eine Lehre, machte dann die Reifeprüfung nach, weitere Kurse für den Managementbereich. Oder?

Wieso habe ich das so entschieden? Handel? Wann dachte ich schon groß über den Handel nach? Zuhause habe ich Baumhäuser, Staumauern aus den größten Steinen im Bach und allerlei Gerätschaften aus Holz gebaut. Wieso war ich eigentlich nicht in diese Richtung gegangen? Immer wieder blitzten Erinnerungen auf.
Verwandte, die einem sagen, was gut wäre. Wo man sich Ansehen verdient und vor allem: wo man Kohle macht. Kohle, Mäuse, Schotter – Geld. Geld – Geld – Geld. Vor mir waren all diese Gesichter, denen ich lange gefolgt war, als Orientierung im Leben. Großes Auto, ein Haus mit Pool – samt Überdachung, die man im Sommer wegklappen kann. Immer wieder wird am Haus was geändert und hinzugefügt, weil man scheinbar nicht weiß, wohin mit dem ganzen Reibach und der einst große Baugrund sieht nun aus wie ein Stadtstaat.

Es waren Menschen, die einem immer wieder erklärt haben, wie schön das Leben nicht sei. Es waren diese Menschen, die immer den neuesten und besten Kram gehabt haben. Es waren die Menschen, die ihre Kinder vernachlässigt haben, weil sie Woche für Woche arbeiten wie die Irren, um keinen

Euro entkommen zu lassen. Die Menschen, bei denen heile
Welt herrscht und wo man über Dritte erfährt, dass sie sich
gegenseitig bescheißen. Sie trinken heimlich, haben
Neurosen aus Langeweile oder dem Stress entwickelt,
grenzen sich von Leuten ab, die ihnen einen Spiegel
vorhalten. Das Bankkonto wächst währenddessen, natürlich!
Am Ende ihres Lebens möchte ich sie gerne fragen:
»Was hast du denn mit all dem Geld gemacht?«

Dann bekäme man wohl eine Antwort wie:
Hast du unser Haus nicht gesehen? Unsere drei Autos? Die
Kinder sind an den besten Schulen gewesen und verdienen
nun auch Kohle wie blöd. Wir waren auf Hawaii, Tahiti, in
China, überall in den USA, Südamerika – auf jedem
Kontinent! Sogar in der Scheiß Arktis! Segeln, Bergsteigen,
Rennen fahren, Sauna und Massagen – jede Woche! Pferde
hatten wir, ein Rad, das ich mit einem Finger hochheben
konnte! Ein goldenes Telefon, Kleider und Schuhe für meine
Frau in einem Schrankraum, 30 Quadratmeter groß! Wir
aßen mit dem Präsidenten und etlichen Prominenten,
schlürften den besten Champagner und aßen mehr Kaviar
auf kleinen Häppchen als man sich vorstellen könnte. Also
da haben wir doch ein tolles Leben gehabt!

Natürlich, würde ich heute sagen. Natürlich.
Das war ein sehr aufregendes Leben für euch. Ihr hattet
alles, habt alles gesehen, gegessen und gemacht – du kannst
wohl in Ruhe sterben, weil es nichts gibt, was du verpasst
hättest. Oder?

Vielleicht sagt er so etwas wie:

Naja, immer wieder gibt es Kleinigkeiten und Chancen, die man sich entgehen hat lassen. Aber alles in allem: Ja. Ich bin zufrieden mit meinem Leben.

Dann würde ich noch fragen, ob er mit dem vielen Geld auch etwas verändert hat. Wirklich verändert, nicht nur für ihn und seine Familie.

Hast du jemandem einfach so Geld gegeben, weil du wusstest, er braucht es? Nicht mal einem Verwandten? Einfach eine Freude gemacht, indem man ein paar Runden im Lokal springen lässt? Etwas gespendet oder unterstützt, was einem am Herzen liegt? Oder anders gesagt: Hast du irgendwann mal etwas gemacht, das nicht bloß für dich gut war?

In dem Moment denke ich an Nik, der, so jung er auch war, bereits eine positive Veränderung losgetreten hat. Ich denke an Mimi, die für ihre Überzeugung auf der Straße steht und fremde Menschen anredet. Dann denke ich an die Leute, die eigentlich die Macht haben, weil sie das Geld besitzen. Abgeschirmt und uninteressiert. Man bräuchte eine Lösung, um das angestaute Geld wieder unter die Menschen zu bringen. Aber das wird nicht passieren. Die wenigen Millionäre, die sich bemühen, die Welt zu verändern und besser zu machen, sind leuchtende Beispiele auf einem Sternenhimmel voller schwarzer Löcher.

Mein Blick war gesenkt, in Gedanken starrte ich auf den Boden vor mir, als jemand stehen blieb. Direkt vor mir. Dann setzte er sich neben mich auf den freien Stuhl und starrte mich an. Als ich meinen Blick hob, sah ich einen jungen Mann, der einen zu großen Anzug trug, eine braune Ledertasche umklammerte und – mich anlächelte.

»Guten Tag!«, begrüßte er mich, ich bestätigte das mit einem Hallo. Er redete nicht weiter, sondern starrte nur meine Wange an.

»Kann ich Ihnen helfen?«
Er lachte auf, neigte sich vor.

»Was ist denn mit der Wange passiert?«

»Ach, das ist eine lange Geschichte«, meinte ich, »nichts Tragisches.«
Er nickte und sah mich dabei weiter an. Zufrieden war er mit der Antwort nicht.

»Erzählen Sie mal!«, forderte er mich auf. Obwohl ich nicht sicher war, was ich mit ihm anfangen sollte, umriss ich die Geschichte in wenigen Sätzen.

»So lange war die Geschichte dann doch nicht. Wissen Sie, ich bin Anwalt! Wenn Sie wollen, holen wir ein paar Tausender raus aus der Sache.«
Genervt atmete ich durch, wusste nicht, welche Worte ich verwenden sollte, um ihm zu erklären, dass ich weder an seinen Diensten, noch an ihm menschlich interessiert war.

Was für eine Frechheit, dachte ich. Man ist es ja gewöhnt, dass einem immer wieder Menschen mit Zeitungen nachlaufen und ein paar Münzen wollen, aber dass nun auch Anwälte auf der Straße nach Arbeit suchen, ist mir neu. So etwas kenne ich auch nur aus dem Fernsehen.

»Ich weiß, was sie denken«, machte er weiter,

»Warum um alles in der Welt spricht mich der wahnsinnige Anwalt einfach an!«
Es nervte noch mehr, weil er immer lauter wurde und womöglich glaubt, ein Verkaufsgespräch mit mir zu führen. Also unterbreche ich ihn.

»Ich kann Ihnen gar nicht erklären, wie sehr ich mir gerade wünsche, dass sie einfach aufstehen und gehen. Hoffentlich verstehen Sie das.«

Der Anwalt behält das gedrückte Lächeln auf, nickt wieder hektisch mit dem Kopf. Er ist schon fast aufgestanden, da setzt er sich wieder hin.

»Es tut mir leid. Okay? Wirklich. Mir ist schon klar, dass ich Sie nerve, aber haben sie eine Ahnung wie schwer es für einen Anwalt heute sein kann?«

Nein, war es nicht. Es war mir aber auch egal. Vielleicht sehe ich so vertrauenswürdig aus, vielleicht war beim Anwalt auch nur das Glas am Überlaufen. Auf jeden Fall fing er an zu reden und hörte nicht mehr auf.

Sein Vater und Opa waren schon Anwälte gewesen, er war nicht immer begeistert davon und wollte zumindest nicht Zuhause am Land arbeiten. Also ging er in die Stadt, Studium und nun sehr mäßiger Erfolg. Sein Vater hat die Rechtsanwaltskanzlei bereits verkauft und jetzt kann er dort auch nicht mehr arbeiten und er weiß nicht, was er tun soll. Er verstehe sich nicht gut mit seinen Kollegen, hätte ständig das Gefühl, sich selbst zu verraten.

»Da haben Sie es«, meinte ich, »Sie müssen nur einem anderen Beruf nachgehen.«

»Was? Nein. Ich war der Jahrgangsbeste, mein Vater würde tot umfallen und ich will das schon weitermachen«, berichtigte er. Etwas unentschlossen. Da ich nicht genau wusste was ich ihm sagen sollte, versuchte ich ihm zu erklären, dass er noch jung war und er sich nicht stressen solle. Irgendwann wird er seine Richtung schon finden.

»Also haben Sie ihre Richtung bereits gefunden?«, fragte er mich in einem Ton, also wolle er mein Argument aushebeln.

»Naja«, begann ich, »das ist gerade etwas kompliziert.«

Nachdem er fragte, was ich damit meinte, erklärte ich ihm meine Situation so gut es mir möglich war. Es war wiederum auch für mich eine gute Sache, ich bekam einen Überblick davon, was ich die letzten Wochen gemacht hatte, was passiert war. Ich fing damit an, dass ich gekündigt worden war und wie es dazu kam.

Die Tage vor dem Computer, ich erwähnte das Wiedersehen mit meiner Exfreundin, den verstorbenen Vater und das Mädchen, das ich kennengelernt hatte. Immer wieder streute ich dann noch meine Gedanken ein, um das alles besser verstehen zu können. Er hörte mir zu, man sah ihm an, dass er selbst an manchen Stellen in Gedanken war.

»Das geschah alles in den letzten Wochen?«, wollte er sicherstellen.

Ich nickte und driftete selbst wieder in Gedanken ab. Eigenartig, was einen manchmal so erwartet, wenn man eigentlich nichts erwartet. Es fühlte sich wie eine Therapiestunde an, in der sich fremde Leute erzählen, was ihnen am Herzen liegt. Und ich muss gestehen, es machte mir doch noch Spaß, mit dem Kerl zu reden.

Er war zwar etwas laut und redete gerne, bevor er dachte, aber doch sympathisch und eigentlich – wie man so schön sagt – ein guter Mensch. Es fehlte ihm nur das, was wir vorhin bereits erörterten: die Richtung. Nachdem er noch einen Kaffee bestellte und wir uns über eine Stunde unterhalten hatten, ging ich wieder meiner eigentlichen Absicht nach. Beim Aufstehen konnte er aber nicht widerstehen, mir eine Visitenkarte in die Hand zu drücken. Mag. Markus M. Menning.

»Meine Eltern haben Humor«, meinte er und zuckte dabei mit den Schultern.

»Womöglich sollte das aber ein Ansporn sein, den Doktor zu machen, um zumindest ein M loszuwerden.« Wir verabschiedeten uns, er meinte, ich solle ihn anrufen – auch wenn es nichts Berufliches ist. Er würde sich freuen. Als ich gerade noch Kleingeld für den Kaffee hinlegen wollte, winkte er ab.

»Das geht auf meinen Papa. Wenn der sich mich leisten kann, kann er sich auch einen Kaffee für dich leisten.«
Ausnahmen bestätigen die Regel.

Als ich über die Brücke ging, kommt Michael gerade um die Ecke. Zuerst winkend und als er mein Gesicht bemerkte verging ihm sein Lachen.

»Was um Himmels willen ist denn mit dir geschehen?«
Ich musste grinsen.

»Wir sollten uns zuerst setzen.«
Die Zusammenfassung meiner letzten Tage – welche ich schon wieder erzählen musste – war auch für Michael irgendwo beeindruckend. Wie beim Anwalt zuvor sah man auch ihn immer wieder abdriften, in Gedanken seine eigene Welt durchforstend. Ich meinte er verstand, wie es soweit kam. Nicht, weil ich nach den alten Sprüchen wie 'Irgendwann kommt das Glück zu dir' gehandelt hatte und einfach wartete. Nein.
Wenn man es in einem Spruch formulieren müsste, dann am ehesten 'Wir ernten, was wir säen'. Aber zugegeben war ich auch erst kürzlich auf diese Weisheit gestoßen. Es ärgerte mich noch immer, dass man überhaupt so dumme Sprüche eingetrichtert bekommt.
Und noch mehr aber die inkonsequente Auswahl.

Bete und arbeite.
Arbeiten auf dem Land ist besser, als beten in der Wüste.
Wärst du nicht hinaufgeklettert, wärst du nicht hinunter gefallen.
Erst die Arbeit, dann das Vergnügen.
Abwarten und Tee trinken.
Wie man in den Wald schreit, so hallt es zurück.
Das Glück kommt zu denen, die warten können.
Rechter Richter, richte recht:
Gott ist Richter, du bist Knecht.
Spare in der Zeit, dann hast du in der Not.

Gott tut das seine, du das deine.
Wer kriecht, kann nicht stolpern.

Man kennt einige davon wohl zu gut. Da gibt es freilich
noch viel mehr, viele Sprüche, Weisheiten, Bauernregeln und
was weiß ich. Immer wieder sagen sie gerade so viel aus, wie
notwendig. Besser passen sie auf einzelne Momente als auf
das ganze Leben. Denn sonst würde man wohl nicht viel
mehr machen als arbeiten, beten und warten.
Das kommt mir sehr bekannt vor.

Als ich mit meiner Erzählung fertig war, erinnerte mich
Michael wieder an etwas.
»Der alte Chef sucht noch immer nach dir.«
Einen Augenblick dachte ich darüber nach, konnte mir aber
nicht ausmalen, wieso.
»Was will er denn ausgerechnet von mir?«, fragte
ich und hoffte natürlich auf eine Antwort, da ich keine Lust
hatte, in die Firma zu gehen. Die kam aber nicht. Es war nur
einfach so, dass der Chef umher gefragt hat.
»Außerdem scheint sich seit deinem Ausscheiden
etwas anzubahnen. Man spricht davon, dass man weitere
Entlassungen vornehmen und die innere Struktur ändern
wird. Frag mich nicht, was das sein soll. Man beruhigte uns
damit, dass es noch etwas dauern würde. Wer weiß.
Vielleicht sind meine Tage dort ja auch bereits gezählt.«
Wenn Michael so redet hat man das Gefühl, er meint es
wirklich so. Wie kann man schon so früh aufgegeben haben?
Ich habe dafür wenigstens fünf Jahre mehr gebraucht.
»Hör zu, Michael. Vielleicht hat das Leben dir nicht
das gegeben, was du gerne gehabt hättest. Vielleicht tust du
dir gerade schwer oder suchst noch deinen Weg. Nicht jeder
kann ein Superstar sein, auch wenn man uns das gerne so

verkauft. Man muss akzeptieren, dass man oft nur ein
Rädchen ist in einer Gesellschaft, die so rasant anwächst,
dass viele von uns in ihr zugrunde gehen werden.«
Ich hätte gerne etwas anderes gesagt. Etwas, das positiver
klingt und ihn in seiner Stimmung nicht noch bestärkt.
Dennoch war die Realität einfach so.

Ich denke an einen Typen, der so lange trainiert hatte, bis er
unglaublich muskulös war, so dass er Preis um Preis dafür
bekam und danach ohne erkennbares Talent zu einem der
größten Schauspieler der Welt wurde. Nicht genug, ging er
dann noch in die Politik und veränderte eines der größten
Länder der Erde.

Das war jedoch eine andere Zeit. Wenn du das heute
machst, darfst du dich hinten anstellen. Eine Kleinigkeit hat
sich aber nicht geändert: Dass du auf etwas hinarbeiten
kannst. Du willst den stärksten Körper weit und breit?
Trainiere! Du willst der Schlauste sein? Lerne! Du willst der
beste Squashspieler werden? Dann spiel Squash!

Als nächstes stellt man fest: Aber es gibt immer jemanden,
der stärker, schlauer oder besser in Squash ist. Ja, den gibt es.
Wird es auch immer geben. Dann kommt es drauf an, wie
bekannt du bist. Wie gut du dich verkaufst. Spielst du
Squash bei dir im Keller oder machst du regelmäßig die
Riege aus dem Club fertig? So etwas spricht sich herum.
Unsere Welt redet gerne, miteinander, übereinander,
durcheinander. Nicht jeder versteht es, das auszunutzen.
        »Das bedeutet nicht, dass du aufgeben sollst und
loslassen, damit du von den anderen überrannt wirst. Auch
sollst du dich nicht gegen den Strom bewegen, da man dort
auf sich allein gestellt ist und beim Gegenschwimmen all

seine Energie verbraucht. Beweg dich im Strom, Zickzack, überhole die anderen und halte dich bei manchen fest, um wieder Energie zu sammeln. Finde Gleichgesinnte. Du wirst es nicht schaffen, dass der Strom für dich seine Richtung ändert. Du wirst auch nicht sehr glücklich, wenn du daneben stehst. Aber du kannst deinen Platz im Strom finden. Du kannst ihn mit anderen teilen und wiederum andere im Strom mit deinen Gedanken anstecken. Zwar bewegen wir uns dann noch immer mit allen anderen in eine Richtung, aber plötzlich färbt sich der Strom ein, es gibt Stromschnellen und ruhige Bereiche. Und Steine werden gemeinsam aus dem Weg geschafft.«

Es wurde ruhig, für ein oder zwei Momente. Michael sah an mir hoch und fragte:

»Lebst du danach?«

Ich musste lächeln.

»Nein«, war meine Antwort, »das tue ich nicht. Um ehrlich zu sein, es war mir gerade erst eingefallen. Die Gedanken kreisten im Kopf umher, zusammengesetzt hatte ich sie bisher nicht. Ich würde aber gerne danach leben. Es klingt immer negativ, wenn man sagt, mit dem Strom zu schwimmen. Jeder zweite behauptet auch, es nicht zu tun. Die Wahrheit ist, dass wir den Strom brauchen. Er produziert unser Essen, gibt uns Kleidung und eine Wohnung. Die Leute verdienen im Strom ihr Geld, um dann wieder daneben zu leben? Nein. So funktioniert das nicht. Erfinde etwas Supertolles, das die Welt retten wird und stelle es neben den Strom. Es wird niemanden interessieren. Demonstriere am Stromufer, es wird dich niemand hören. Veränderung geht von der Masse aus, leider. Vielleicht ist man der eigentliche Egoist, wenn man neben dem Strom steht und alle verachtet, die an einem vorüberziehen. Wir sind bald 7,5 Milliarden Menschen.

Egal, ob wir in eine blühende Zukunft oder in eine Katastrophe blicken – der Strom wird uns dahin führen. Uns alle. Auch die, die so tun, als ob sie unberührt am Rand stehen. Egal wie reich, egal wie arm.«

»Es geht dir um Sozialismus?«, setzte Michael nach, zog dabei eine Braue hoch.

»Nenne es, wie du willst. Mein Gedanke ist einfach, hin und wieder an uns alle zu denken. Etwas Nettes zu tun, jemanden zu helfen, ohne ein Danke zu erwarten.«

»Und, tust du das?«, fragte Michael wiederum.

»Nein. Ich denke nicht«, war die Antwort meinerseits.

»Wieso gibst du dann Ratschläge, die du selbst nicht befolgst?«

»Naja«, begann ich und atmete durch, »es sind ein paar Dinge geschehen, die mich abgestumpft haben. Immer mehr verkroch ich mich und heute versuche ich, es wieder zurück zu schaffen. Es ist nicht leicht, seinem Kopf Antrainiertes abzugewöhnen, aber ich versuche es zumindest. Es ist ein Schritt in die richtige Richtung, denke ich.«

Michael sah mich an. Wir redeten noch eine Weile und versuchten erst gar nicht Unstimmigkeiten aus dem Gespräch aufzuarbeiten, das hätte zu viel Zeit gekostet.

Vor allem dachte ich die ganze Zeit daran, was der alte Chef von mir wollte. Es ging mir nicht aus dem Kopf und Michael meinte dann noch, dass der alte Chef nachmittags in der Firma sein würde. Das bedeutete meist, dass er sich nach der regulären Dienstzeit mit den Abteilungsleitern unterhielt. Also konnte ich auf ein Gespräch hoffen, ohne die Blicke meiner früheren Kollegen.

Ich kam mit dem Lift nach oben, die Türen öffneten sich und ich betrat den dunklen Gang. Nie war ich um diese Zeit hier gewesen, blieb stehen und als der Lift sich wieder schloss, wurde es erst recht dunkel.

Meine Augen gewöhnten sich an das schummrige Licht, das vor allem von den Notausgangsschildern kam. Langsam ging ich also weiter, man kam vom Steinboden auf den alten, braunen Teppichboden, der sich durch die kompletten Gänge zog und an manchen Stellen knarrte wie eine alte Scheune.

Am Ende des Ganges sah ich bereits das Licht aus dem Büro des alten Chefs. Er wusste schließlich, dass ich komme, da der Portier mich sonst nicht hineingelassen hätte. Die Besucherkarte hielt ich in meinen Händen, die etwas schwitzten. Warum war ich überhaupt nervös? Ich war doch schon ausgeschieden aus der Firma. Er konnte mir nichts wegnehmen!

An der Bürotüre angekommen, wollte ich gerade klopfen als der Boden nachgab und laut genug knarrte, dass der alte Chef die Türe vor mir aufriss.

»Da sind Sie ja!«, warf er mir zu, ich hielt noch immer die Hand hoch, um zu klopfen.

»Ja...«, meinte ich, er winkte mich gleich rein.

»Kommen Sie bitte, setzten Sie sich.«

Wie gebeten, setzte ich mich, er schwirrte etwas umher und fragte, ob ich was zu trinken will. Als ich verneinte, setzte er sich gegenüber hin. Sein Schreibtischsessel war groß und schwarz, auf eine gemütliche Art und Weise. Nachdem er seinen Schreibtisch etwas aufgeräumt hatte, faltete er die Hände und sah mich an. Einen Moment lang war es ruhig. Beinahe schon unangenehm.

»Ich bin gerne hier, am Abend. Es ist so ruhig und riecht förmlich noch nach Arbeit«, meint der alte Chef und setzte dann ein Lächeln auf.

»Ich freue mich, dass wir uns doch noch treffen konnten. Sie fragen sich sicherlich, warum.«
Das tat ich allerdings, nickte ihm entgegen.

»Letztens waren Sie um einiges gesprächiger«, stellte er fest.

»Ja, ich bin mir einfach nicht sicher, warum ich heute hier bin.«
Der alte Chef klatschte in die Hände, stand auf.

»Gleich zur Sache, ganz genau! Es hat mir einfach gefallen, was sie gemacht haben. Sie waren mutig genug, jemandem die Stirn zu bieten, der sie rausschmeißen könnte.«

»Er hat es ja auch gemacht«, fügte ich hinzu.

»Und ich habe ihn wiederum rausgeschmissen. Das Gesetz des Stärkeren. Wahrscheinlich wissen Sie, dass Sie mit dieser Einstellung nicht weit kommen werden im Berufsleben, da man immer wieder unter solchen Idioten arbeiten muss. Musste ich damals auch. Man vergisst das leider mit der Zeit. Weshalb ich Ihnen danken wollte, dass Sie mir das in Erinnerung gerufen haben.«
Das überraschte mich.

»Sie haben mich hergeholt, damit Sie sich bedanken können?«

»Ja, das habe ich. Oder nicht ganz. Wissen Sie, ich erinnerte mich plötzlich wieder daran, wie es war als ich meine Firma gründete. Jeden einzelnen meiner Mitarbeiter habe ich aussortiert, nur Leute hereingelassen, die es wert waren. Irgendwann geht das aber nicht mehr, logisch. Dann macht das jemand anderes. Und es dauert nicht lange, dann ist die eigene Firma einem fremd und unsympathisch. Was ich Ihnen damit sagen will ist, dass ich wegen Ihnen nicht in Ruhestand gehen werde, sondern die Firma neu erfinde. Nicht mehr nur verkaufen, verkaufen. So wie früher will ich es etwas ruhiger angehen, breiter handeln – dafür auch wieder Spaß bei der Sache haben.«

Es freute mich für ihn, er war mindestens doppelt so alt wie ich es war, hörte sich aber nur halb so alt an. Die Begeisterung war in ihm wieder entfacht worden – der Mensch, den man gefürchtet hat, wenn er durch die Gänge schlich, war kaum wiederzuerkennen.

»Das ist gut«, meinte ich, meine Begeisterung hielt sich aber in Grenzen.

»Nein, das ist sehr gut! Außerdem wollte ich Sie fragen, ob Sie wieder hier arbeiten wollen. Ich denke, jemanden wie Sie sollte man zumindest mal genauer unter die Lupe nehmen.«

Das verwunderte mich jetzt erst recht. Die letzten Wochen habe ich keine neuen Sachen gelernt, die meinen Lebenslauf schmücken würden, keine Ausbildung gemacht und keinen Kurs. Nichts. Ich habe nur den Mund aufgemacht. Im richtigen Moment.

Trotz der Ehre, die mir scheinbar zuteil wurde, wollte ich nicht gleich zusagen. Der alte Chef verstand, dass ich etwas Zeit brauchen würde, um darüber nachzudenken.

»Kein Problem«, meinte er.

»Es dauert auch noch etwas, bis wir loslegen können.«

Mit einem festen Händedruck verabschiedeten wir uns und er drückte mir seine Visitenkarte in die Hand.

»Da ist meine Handynummer drauf, rufen Sie nicht am Festnetz an.«

Als ich nickte und gehen wollte, stellte er noch eine letzte Frage:

103

»Ihre Wunden im Gesicht. Wegen einer Frau?«
In der Türe hatte ich mich zu ihm umgedreht, konnte mir ein Lachen nicht verkneifen und bestätigte seine Vermutung mit einem weiterem Nicken.

»Gut«, meinte der alte Herr, »das ist gut.«

Es war gerade nach der Rushhour am Abend, der Verkehr legte sich, die Menschen verschwanden von den Straßen und es wirkte alles sehr friedlich. In Gedanken, aber zufrieden, suchte ich meinen Weg nach Hause. Es war schon komisch. Sobald ich anfing, mich selbst zu bewegen, bewegte sich alles mit – im übertragenen Sinne.

Natürlich, man wollte mich damals feuern, weshalb ich dem Abteilungsleiter mal meine Meinung gegeigt habe. Das ist nicht ganz so heldenhaft wie einfach eines schönen Tages vom Bürosessel aufzustehen und vor diesen Drachen zu treten, um ihm den Kopf abzuschlagen.

Aber es löste einiges aus. Auch wenn die große Änderung dahinter von jemanden ausgeht, der die Macht dazu hat. Der alte Chef war auch aus einer einfachen Familie gekommen. Alles was er heute hat, hatte er sich selbst erarbeitet. Wahrscheinlich tat er sich deshalb so schwer, alles fallenzulassen. Einfach die Hyänen der Wirtschaft darüber hinwegfegen zu lassen. Er hatte sich damals dazu überreden lassen, Bereiche zu schließen und zu verkaufen.

Die Firma spezialisierte sich immer mehr auf eine einzelne Sache bis das eigentliche Gerüst – der Grund warum die Firma groß wurde, – weggebrochen war. Weil man so mehr Geld machen konnte, vermutete ich zumindest. Effektiv ist es allemal, aber sind wir wirklich dafür geschaffen, jeden Tag nur diese eine Sache zu tun? Bis ans Ende unserer Tage? Was ist daran verkehrt, plötzlich etwas anderes machen zu wollen, weil man bemerkt, dass man es einfach gerne möchte? Tut man es nicht, weil man den Spott und die Blicke der Anderen nicht erträgt? Weil man seine Eltern nicht enttäuschen möchte, oder Mäuler zu stopfen hat?

Besser ein paar Jahre der Entbehrung als ein ganzes Leben im falschen Schuhkarton. Die Menschen fürchten so sehr um ihre Jobs, dass sie nicht einmal die Möglichkeit einer Chance zulassen. Als ob in unserer Gesellschaft jemand verhungern würde.

Als ich die Stiegen zur Wohnung hoch ging, merkte ich bei jedem Schritt, dass meine Nase noch immer beleidigt war und ich eine weitere Tablette nehmen musste. Ein paar sollte ich noch haben. Vor meiner Wohnung fand ich aber etwas viel Besseres. Etwas, das zwar nicht meinen Schmerz in der Nase unterdrücken konnte, aber mich von innen her zu heilen vermag. Mimi sah mich am Boden sitzend mit großen Augen an.

In der Wohnung stellten wir ihre Sachen vorerst mitten in den Raum, sie hatte einen alten Koffer voll mit Gewand und eine Tasche mit weiterem Zeug dabei. Sie wusste nicht, wohin sie gehen sollte.

»Ich hätte ja angerufen, aber ich hab nicht mal eine Nummer von dir«, erklärte sie, außerdem war ihre beste Freundin gerade nicht in der Stadt. Sonst wäre sie zu ihr gefahren. Es machte mir nichts aus. Nicht einmal ein bisschen. Wir unterhielten uns, kochten etwas, saßen am Küchentisch, dann am Sofa, redeten und quatschen.

Wir erzählten von alten Zeiten, vergangenen Liebschaften und unseren Plänen. Wir versuchten herauszufinden, wer wir waren, wer der und die war, die und der uns gegenübersaß. Bis tief in die Nacht, bis wir am Sofa lagen. Es war ruhig und eine Kerze flackerte vor uns. Die Musik war vorhin verstummt und Mimi sah mich bereits eine Zeit lang an. Irgendwann erwiderte ich ihren Blick. Vorsichtig kam sie näher, drehte ihren Kopf soweit, dass sie meinen Mund küssen konnte, ohne meine blauen Flecken zu berühren. Es war ein kurzer Kuss, doch mehr als genug. Wir schliefen zusammen ein. Ich fühlte mich wohl.

Eingeengt, stand ich in einem Raum, die Mauern waren ewig hoch, aus grauem Stein und rau. Ich sah mich um, aber da war nichts, das mir helfen konnte. Keine Stufe, keine Türe, kein Fenster. Nichts. Beim Umsehen fragte ich mich, wie ich hierher gekommen war. Halbherzig versuchte ich die Mauer mit den Händen zu erklimmen, streckte mich verzweifelt hoch und drückte mich gegen die Mauer.

Plötzlich war dort ein Loch. Ganz klein, aber umso näher ich kam, desto größer wurde es. Bald passte mein Kopf hindurch, mein Torso folgte und ich war auf der anderen Seite. Es fühlte sich komisch an und wieder war da eine Mauer. Der Raum sah exakt gleich aus, wie der zuvor. Auf allen Seiten Mauern – hoch bis zum Himmel. Wieder sah ich mich um – irgendetwas war doch anders. Wieder streckte ich mich hoch, suchte nach dem nächsten Loch – als mir ein Geräusch immer näher zu kommen schien. Ein Flattern, schwarz und wirr, wild schimpfend zwischen den engen Mauern.

Ein Rabe. Er kam näher und näher, ich fürchtete, er landet jeden Moment auf meinem Kopf, da dies der höchste Punkt weit und breit war. Dem war aber nicht so. Der Vogel drehte sich wie wahnsinnig, seine Augen groß aufgerissen, bis er mit einem Mal in der Ecke an der Mauer hängen blieb. Ein Bein stand nach oben weg, dort wo er festhing. Der Vogel war ruhig geworden, sein Kopf hing wie tot nach unten – aber nur kurz – bald hob er ihn hoch, drehte ihn und starrte

mich an. Einfach so. Er starrte mich an. Aus meiner Brust
heraus spürte ich, wie sich ein ungutes Gefühl breit machte.
Als ob dieser Vogel mich durchschaute. Er kannte mich und
wusste genau, was ich falsch gemacht hatte und vor allem,
wer ich wirklich war. Und er starrte. Nach wie vor.

Mein Herz begann zu pochen, so laut, dass ich nichts
anderes mehr hören konnte. Mit großen Augen starrte ich
den Vogel an, er mich. Schnell sprang ich hoch, suchte in
der unendlichen Mauer einen Ausweg.
Tatsächlich war dort wieder ein kleines Loch, bald konnte
ich es erreichen, steckte meine Finger in den Spalt und
presste die Steine auseinander, bis ein Teil herausbrach.
Schnell steckte ich meinen Kopf hinein, nur diesesmal
konnte ich nicht einfach hindurch schlüpfen. Panik machte
sich breit, ich zog meinen Kopf zurück, der Rabe in der
Ecke begann wild zu flattern und schrie laut.
Nervös riss ich wieder an der Wand, wieder brach etwas
heraus und gleichzeitig auch noch ein riesiger Brocken
darüber. Er knallte auf den Boden – berührte mich nicht.
Mit einem Satz war ich im nächsten Raum. Wieder leer.
Wieder gleich wie vorhin. Wieder war etwas anders. Das
Loch gab es nicht mehr, es war mir als wäre der Raum
kleiner geworden. Und tatsächlich – der Raum wurde
kleiner. Aber was konnte ich machen?

Über mir näherte sich wieder ein Flattern. Schreien, aus
kleinen, schwarzen Schnäbeln. Angsterfüllt knallte ich
meinen Körper gegen die Mauer, immer und immer wieder,
eine schwarze Wolke aus sich windenden Federn und
Schnäbeln kam auf mich hernieder. Endlich stürzte die
Mauer ein, ich flüchtete vom Schatten, der näher kam, in
den nächsten Raum. Es war merklich weniger Platz. Ich

drehte mich nach rechts, vielleicht war dies der bessere Weg. Wieder hörte ich die Raben, ich knallte gegen die Mauer, mein Kopf schmerzte und sofort stand ich mit der Nase an der nächsten Mauer. Ich drehte mich um, stand wieder an. Drehte mich in alle Richtungen – ich war gefangen wie in einem engen Kamin. Nur nach oben war Platz, der bereits wieder von einem Flattern durchzogen wurde.

Meine Atmung schnellte hoch, ich schwitzte und hämmerte mit den Fäusten so gut es ging gegen die Mauern. Nicht einmal in die Knie konnte ich gehen, so eng war es. Der Boden schien sich zu verändern, es war wie Wasser. Als würde sich etwas im Wasser bewegen. Mein Atem stockte in beide Richtungen. Ein – aus. Verzweifelt versuchte ich zu schreien, es kam aber kein Laut hervor. Über mir wieder die Vögel, wild durcheinander kamen sie immer tiefer. Tiefer. Ich weinte aus Verzweiflung, drückte gegen die Mauer, etwas kroch mein Bein hoch. Schlängelnd.

Ich war selten so froh, aufgewacht zu sein.

Mit zitterndem Atem wurde ich munter. Es war noch immer das selbe Gefühl wie im Traum, so grässlich wie man sich es nur vorstellen kann. Der Raum war bereits ein wenig hell, ich orientierte mich und drehte meinen Kopf in alle Richtungen, um zu kontrollieren, ob ich wohl wieder Zuhause war. Dann konnte ich meinen Atem langsam wieder bändigen. Einen Moment brauchte ich noch. Erst dann ist mir aufgefallen, dass Mimi weg war. Zuerst dachte ich, sie wäre im Badezimmer, doch auch ihre Schuhe waren weg, samt ihrem Gepäck. Es war kurz nach sechs Uhr morgens. Eigenartig.

Nach dem Aufstehen, saß ich mit einem Kaffee am Fenster, starrte eine Zeit lang hinaus, wo die Sonne einen orangen Schimmer auf die Häuserwände zauberte. Es war schon etwas her, als ich das letzte Mal so früh wach war. Noch dazu war ich keineswegs müde. Im Gegenteil. Motivation war in meinen Kopf zurückgekehrt – Motivation wohin ich dachte, aber leider keine Antwort auf die Frage, was ich damit anfangen sollte.

Zwar wusste ich nicht, wo Mimi so früh hin war, aber es war mir einerlei, denn ich war neben ihr eingeschlafen. Allein dieser Gedanke gab mir Kraft und ich war so gut gelaunt wie lange nicht. Wie es mir erst gehen würde, wäre sie neben mir auch wieder aufgewacht?

Meinem starren Blick entging leider die Hausmeisterin, die mich vom Hof aus gesehen hatte. Vorsorglich parkte sie den Besen an einen Baum und machte sich auf den Weg zu meiner Wohnungstüre. Ihr dumpfes Klopfen ertönte nur ein einziges Mal, bevor ich die Türe aufschnellen ließ.

»Morgen«, sagte sie und sah mich aussagelos an.

»Morgen«, entgegnete ich mit einem Lächeln.

»Sie sind ja gut drauf«, worauf ich nur mit einem Nicken entgegnete. Sie starrte mich weiter an als ob sie auf etwas warten würde.

»Kann ich was für Sie tun?«, fragte ich, worauf sie langsam und vorsichtig, aber dennoch bestimmt antwortete.

»Wissen Sie, dass Sie die Miete nicht gezahlt haben?«, Ich erschrak, das hatte ich tatsächlich vergessen. Notgedrungen erklärte ich ihr, dass ich dachte bereits eine automatische Überweisung eingerichtet zu haben. Das schien sie aber nicht zu beeindrucken. Sie lächelte aufgesetzt zurück.

110

»Schon gut«, fuhr sie fort, »kümmern sie sich darum. Außerdem haben sich die Nachbarn aufgeregt.« Noch bevor ich wer, wie und was fragen konnte, zählte sie auf.

»Komische Geräusche in der Nacht, klappern und treten. Was machen sie die ganze Zeit? Das meinten bereits mehrere Nachbarn.«

»Es tut mir wirklich leid, es war...«

»Ja, ja«, unterbrach sie.

»Die Hausverwaltung hat bereits beschlossen, dass Sie raus müssen. Sollten Sie sich querstellen, müssen Sie davon ausgehen, von keinem der Nachbarn Unterstützung zu erhalten. Sie wissen, dies wird unter den Mietern und Eigentümern abgestimmt. Sie sind raus. Ende des Monats.« Mit einem Nicken in meine Richtung verabschiedete sie sich, ließ mich in der Türe stehen wie einen Elch am Straßenrand. Langsam drehte ich mich in die Wohnung zurück, fragte mich, was das gerade war.

Ob ich so laut war die letzten Wochen? Möglicherweise. Genau vermag ich es nicht mehr zu sagen. Es war mir eher suspekt, dass man mich ohne weiteres aus der Wohnung bitten durfte. Wenn ich weg wollen würde, es bräuchte drei Monate und eine offizielle Kündigung. Hier gab es also eine Abkürzung? Es machte mich wütend.

Mit einem weiteren Kaffee drehte ich meine Runden in der Wohnung, drückte die Gedanken hin und her und zwischendurch entkam mir ein Satz auch laut – jetzt war es eh schon egal, ob ich in der Wohnung brüllte. Das kann es doch nicht sein. Wieder klopfte es. Schnell ging ich zur Türe und hoffte, es wäre Mimi. Es war die Post, die mir neben einem Stapel älterer Post aus meinem Postkasten auch einen eingeschriebenen Brief aushändigte. Freundlich bat er mich darum, auch hin und wieder den Briefkasten zu leeren.

»Ich bin scheinbar eh nicht mehr lange da«, meinte ich, ironisch natürlich. Ich unterschrieb am Klemmbrett und knallte die Türe zu, stellte den Kaffee ab und fand im eingeschrieben Brief die Kündigung der Wohnung vor. Das kann es doch nicht geben. So etwas geht nicht von heute auf morgen. Nach längerer Zeit knirschte ich wieder mit meinen Zähnen. Ich war wütend und fragte mich, was ich jetzt tun sollte.

Erstmal sah ich am Computer nach, wie viel Geld noch am Konto war. Mäßig. Nicht genug für die letzten zwei Mieten. Mein Kopf fing an, ganz hinten oben zu schmerzen. Nur immer für einen kurzen Moment, dann aber von Zeit zu Zeit richtig kräftig.

So eine Scheiße.

Das war das einzige, was mir gerade noch im Kopf umher schwirrte.

So eine Scheiße.

Meine Restmotivation konnte ich mit einem weiteren Kaffee dafür aufbrauchen, am Computer nach Jobs zu suchen. Irgendetwas muss es ja für mich geben, auch wenn ich nicht unbedingt gewillt war, alles zu machen. Jahrelang habe ich meinen Beruf studiert, jetzt will ich ihn auch ausüben. Da kam mir, dass ich ja noch zum Arbeitsamt gehen könnte – das würde mich über den nächsten Monat retten.

Nachdem ich den Kaffee auf ex ausgetrunken hatte, machte ich mich bereits auf den Weg ins Arbeitsamt, wo ich wieder etwas besser gestimmt war. Nach eineinhalb Stunden wartend zwischen Menschen, die teils etwas sehr eigenes an sich hatten, saß ich vor einem Betreuer der mir immer und immer wieder nur einen Satz sagte.

»Laut Computer haben Sie gekündigt, was bedeutet, dass Sie für einen Monat gesperrt sind.«
Ich verstand aber nicht.

»Das werde ich wohl besser wissen als der Computer. Man hat mich gekündigt.«

»Aber der Computer...«, fing er wieder an, ich unterbrach barsch.

»Der Computer war nicht da, als das geschehen ist! Wenn der sagen würde, ich wäre ein Nordvietnamese, würden Sie mich dann in einen Sprachkurs schicken, auch wenn wir uns gerade unterhalten haben?«
Zugegeben, es war kein gutes Beispiel, aber ich war nicht in der Verfassung. Der Mensch gegenüber sah mich nur gelangweilt an.

»Also lassen sie mich verrecken? Oder was glauben Sie, was es bedeutet, wenn man in der Stadt mal einen Monat kein Geld bekommt? Wird man außerdem dafür bestraft, dass man sich beruflich umorientieren möchte?«
Der Mann sah mich weiter nur gelangweilt an, sein Satz klang ähnlich wie der zuvor.

»Wenn Sie mit beiderlei Einverständnis kündigen, ist das kein Problem. In Ihrem Fall hat uns der Arbeitgeber aber gesagt, dass Sie gekündigt haben. Also sind Sie gesperrt.«
Der Abteilungsleiter. Dieser Hund! Ich weiß genau, dass ich ihm das zu verdanken habe.

Wieder wurde ich wütend, ohne ein weiteres Wort verließ ich den Tempel der Arbeitsbefreiten und spazierte in Richtung Wohnung. Dass es so etwas geben konnte! Der muss doch meine Unterschrift gefälscht haben, sonst geht das doch nicht. Warum bin ich damals nur abgehauen, ohne mich darum zu kümmern? Verdammte Bürokratie. Als ich daran dachte, erst wieder einen Job finden zu müssen, um nicht noch weiter nach unten zu rutschen, fiel mir ein, dass es beim letzten Mal mehr als einen Monat brauchte, bis ich von der Bewerbung zum Gespräch geladen wurde.

Die Hochrechungen in meinem Kopf sagten mir, dass es knapp wird. Auch wenn meine alte Firma noch den Rest ausbezahlt. Meine Motivation war etwas getrübt, aber das sollte sich in diesem Moment ändern.

Es war bereits Nachmittag, ich kam gerade in die Straße meiner Noch-Wohnung als ich Mimi erblickte. Es tat gut, sie zu sehen. Aber es war etwas passiert, ihr Blick war traurig und sie wollte sich in die Wohnung setzen.

An der Couch angekommen, lehnte sie zuerst etwas zu trinken ab, bevor sie mich ablehnte.

»Es geht zu schnell«, so fing sie an.

»Du verstehst sicherlich, dass es nicht leicht ist, von einem Menschen in wenigen Tagen wegzukommen, an den man Jahre gebunden war.«

Mein Gesicht wurde schwer. So schwer, dass ich keine andere Regung mehr hinbekam. Ich atmete ein, tief durch die Nase und aus durch den Mund. Was geschieht hier gerade?

»Ich mag dich. Doch. Ja. Aber ich habe auch Angst. Es waren keine leichten Jahre und in ein paar Tagen bricht das alles weg. Es tut mir leid, dass du mithineingezogen wurdest.«

Es war mir nicht möglich, ein einziges Wort zu sagen.

Klar, ich war naiv und verknallt, ich war der Idiot am Sofa. Es schmerzte in der Brust, es tat richtig weh. Im Nachhinein war ich froh über den Schmerz, da ich ihn schon lange nicht mehr gefühlt hatte. Nur zu gerne hätte ich in dem Moment darauf verzichtet. Man sagt, wenn man aufsteht, kann man auch wieder hinfallen.

Man landet auf der Nase und es blutet, tut weh. Doch Wunden heilen und man steht irgendwann auch wieder auf. Es geht immer weiter und weiter, irgendwie geht es immer. Aber das war das Letzte, an das ich in dem Moment dachte. Sie redete immer noch, sie redete über irgendetwas. Ich hörte nur meinen Herzschlag im Ohr, der immer lauter wurde. Außerdem musste ich mich zurückhalten, um nicht zu schreien. Die Frage war nur: Was bringt es?

Ich wollte ihr gerne sagen, dass sie dumm ist. Dass sie sich für einen Kerl verändert hat, der ihr immer wieder Schmerzen bereiten wird. Dass sie nicht glauben sollte, ich sei derselbe Typ wie er, sodass sie dem nicht mal eine Chance gibt, weil sie… weil…

Aber ich tat es nicht. Ich schwieg und ließ diese Folter über mich ergehen. Es war mir klar, dass jedes Wort umsonst gewesen wäre. Es war zu früh, das ist und war klar. Sie würde sich nicht umstimmen lassen, fände ich noch so gute Worte und noch so gute Ratschläge. Bis sie sich fertig erklärt hatte, wurde ich auch ruhiger. Was für ein Tag. Wieder atmete ich durch, sah mich um, sah sie an. Sie blickte zurück, scheinbar hatte sie etwas gefragt.

»Verstehst du das?«, fragte sie nochmals in einem Ton, auf den man sowieso nichts Böses entgegnen konnte.

»Natürlich«, log ich sie an.

Da sie weiter musste, umarmte sie mich zum Abschied – ich bewegte mich aber nicht vom Sofa hoch, weil ich es ihr nicht leichter machen wollte. Es war mir egal. Als sie den Raum verließ, dachte ich nur an den nächsten Typen, den sie an ihrer Seite haben wird. Wieder ein Arschloch, wieder wird sie unzufrieden sein. Eigentlich hasste ich sie. W ie um alles in der Welt dachte ich, dass wir zusammen passen würden? Wie könnte sie sich in mich verlieben, wenn es denn offensichtlich war, dass sie sich ganz andere Männer angelacht hatte. Was wollte sie denn überhaupt mit mir? War ich so schlecht? War ich so hässlich? War ich so scheiß-nochmal-irgendetwas? Was um alles in der Welt…

Sie ist keine böse Person. Sie macht das nicht mit Absicht. Warum hat sie es dann überhaupt soweit kommen lassen? Was wollte sie denn damit bezwecken und warum um alles in der Welt muss ausgerechnet ich auf sie gestoßen sein? Konnte ich nicht einfach jemanden treffen, der mich mag, den ich mag und alles ist gut? Nein? Das kotzte mich gerade an. Diese verdammte Romantik in Filmen hat die eigene Realität verzerrt. Im echten Leben endet es wohl nie im Guten.

Aufgestanden und in die Küche gegangen, suchte ich die Schränke ab. Etwas alter Rum und billiger Vodka waren auffindbar. Für den Anfang nicht schlecht. Ich stellte alles auf den Couchtisch. Was machte ich bloß hier? Du hast genug zu tun. Bekomm dein Leben wieder in den Griff. Du weißt, was zu tun ist.

Bereits das zweite Mal an diesem Tag saß ich vor dem Computer, suchte nach Jobs, die mein Interesse weckten. Aber auch Jobs, die ich einfach tun könnte. Immer wieder dachte ich an Mimi, verdrängte sie aber auch bald wieder, um mich auf die Jobsuche zu konzentrieren. Es ging sogar recht gut, ich aktualisierte meinen Lebenslauf, schrieb bereits an der ersten Bewerbung. Zwar nicht der beste Job, aber ich tat einfach so, als ob es eine Übung wäre. Sollte ich den Job dann tatsächlich bekommen – umso besser.

Außerdem müsste ich nach einer Wohnung suchen, oder einfach nach einem Platz für ein paar Wochen. Etwas Günstiges. Weil man für eine neue Wohnung auch einiges an Geld braucht. Die Kaution in der jetzigen Wohnung ist nicht sehr hoch, wird mich nicht retten. Meine Mutter hatte gerade genug offene Rechnungen und meine

Verwandtschaft… egal. Eventuell müsste ich zur Bank und einen Kredit besorgen, es wird mir schon etwas einfallen.

Aus dem Augenwinkel bemerkte ich etwas. Es roch plötzlich auch ganz eigenartig. Der Computer schien vor meinen Augen zu verschwinden – wie in einem Nebel. Zuerst dachte ich, dass ich mir das einbilde. Wieder fing ich an mit meinen Augen abwechselnd zu blinzeln, vielleicht wird mein Auge ja wirklich immer schlechter. Dann aber bemerkte ich, dass der Computer dichten weißen Rauch ausspuckte, der langsam über meinen Schreibtisch kroch. Der Geruch war stechend – in der Nase und in den Augen. Ich kippte zurück in die Lehne, sah erschrocken gerade aus, als der Monitor schwarz wurde.

Auf allen vieren ging ich hinter den Schreibtisch, mit angehaltener Luft steckte ich den Computer aus – es wurde ruhig. Ich schlich am Boden weiter und setzte mich auf das Sofa, atmete durch und sah einen Moment lang zu, wie sich der Nebel um meinen Computer durch meine Bewegungen drehte. Es stank und mir wurde schlecht. Nicht nur wegen des Geruches, vor allem wegen des Gefühles im Magen.

Langsam war ich mir sicher, dass mich jemand zerstören will. Ich beugte mich vor, um den Vodka zu erreichen. Ein großer Schluck, es lief mir kalt über den Rücken. Es war ein Gefühl als würde man im Regen – geschlagen und getreten – auf dem Gehsteig liegen. Und die Welt dreht sich munter weiter. Einfach so. Keinen schert es. Niemand ist berührt. Nur das eigene Herz bricht so laut entzwei, dass die anderen es eigentlich hören sollten. Ich zog an der Flasche, bald würde sie leer sein.

»Was für ein außergewöhnlich beschissener Tag!«, rief ich aus dem Fenster und warf dann die leere Rumflasche hinterher. Trotz meines Zustandes traf ich mit der Flasche ohne weiteres durch das Fenster, über den Innenhof, genau auf das Dach des Fahrradständers. Leider war niemand da, der mich tadeln konnte. Niemand, der meinen großartigen Wurf gesehen hat.

»Neue Bestweite!«
Beim Rülpsen kam zwischendurch schon fast wieder was hoch, diese Mischung aus Vodka und Rum passte weniger gut zusammen als gedacht. Zum Ausgleich spuckte ich auf den Boden. Das wird dem Nachmieter nicht gefallen, dachte ich und packte dann den Computer fest mit beiden Händen.

Bei Computerfehlern wird gerne der Monitor geschlagen und getreten, dabei ist der kleine graue Kasten unter dem Schreibtisch der eigentlich Schuldige. Also zog ich den Kerl raus, stelle ihn ans Fenster und zeigte ihm die Aussicht.

»Das wird eines Tages alles dir gehören«, sage ich zu dem Kasten, ich stellte mir vor, wie er mit logischem Verstand versucht, die Welt zu ändern, in der wir leben.

»Das kannst du vergessen«, setzte ich nach, »du kannst die Menschen nicht logisch führen. Es regiert eine Art Chaos. Chaos aus Millionen von Strängen, die übereinander und durcheinander geraten.«
Für einen Moment stellte ich mir das auch vor. Jeder Mensch hätte einen farbigen, schwebenden Strang vor und hinter sich. Woher er kommt und wohin er geht.

Der Strang quert den eines anderen Menschen, der wiederum den nächsten Menschen, wiederum den nächsten und so weiter und so fort. Anhand des Stranges hinter einem sieht man die Vergangenheit jedes einzelnen Menschen, aber dank des Stranges vor einem auch das, was man vorhat. Solche Gedanken waren im Moment aber nicht all zu gut für meinen ohnehin schon schmerzenden Kopf.

Als ich mich umdrehte, sah ich meinen Lebensstrang. Er kommt direkt aus meinem Rücken heraus, ging zurück zum Schreibtisch, wo ich gerade den Computer geholt hatte und war rot. Von da aus ging er weiter zurück zum Sofa und zum Fenster, dann verschwand er in einem Gewirr aus sich selbst.

Wie ein Wollknäuel, das explodiert war. Durch den ganzen Raum, links, rechts, ins Bad, in die Küche. Ich war wohl ganz schön herumgekommen auf den paar Quadratmetern. Beim Blick zurück auf den Computer fiel mir auf, dass auch er einen Strang hatte. Er war dünn und blau. Vom Schreibtisch ging er hoch zum Fenster, von da aus gerade nach unten auf den Asphalt. Da es schon vordefiniert war, streckte ich den Computer aus dem Fenster und verabschiedete mich. Übrigens habe ich mich auch bedankt, dass er mich in der Stunde der Not im Stich gelassen hat. Er sagte nicht viel darauf, stank aber immer noch nach dem weißen Rauch. Ich ließ ihn fallen.

Da bemerkte ich aber, dass diese Stränge die ich sehe – zumindest der, der nach vorne geht – nicht definitiv war. Denn der Computer war noch angesteckt und somit knallte er nicht auf den Asphalt – wie vom blauen Strang eigentlich vorausgesagt, sondern zog den Monitor vom Schreibtisch ans Fenster, spannte das Kabel und schaukelte ein Stockwerk tiefer mit Karacho ins Fenster vom Nachbarn unter mir.

Nach einem Klirren passte sich der Strang des Computers endlich auch an die neue Situation an. Aber ich verstand! Es war nichts fixiert, man kann sich aussuchen, ob man es tut, oder nicht. Wie eine Tendenz, oder der einfachste Weg. So kann man einen vordefinierten Weg offensichtlich auch verlassen.

Mein roter Strang zog mich nochmal in die Küche, dann zum Kühlschrank. Weil ich so viel Alkohol getrunken hatte, brauchte ich erstmal ein Bier. Außerdem war es gerade nach vier geworden, was es rechtfertigte. Als ich durch das Wohnzimmer ging, versuchte ich verzweifelt diesen verdammten roten Strang loszuwerden. Es war wie im Dschungel, doch anstatt Blättern und Lianen waren überall diese roten Schnüre im Raum. Ich konnte kaum mehr etwas sehen.

Genervt ging ich zur Türe, zog mir die Schuhe an und gleichzeitig versuche ich mein Bier nicht zu verschütten. Zwar steckte ich die Schlüssel ein, die Türe machte ich aber nicht zu, da ich sowieso der Meinung war, ich hatte nichts, was man stehlen wollen würde. Am Gang lachte ich verwegen, ich hatte gerade die richtige Menge Alkohol im Blut – das musste einfach lustig werden. Also hämmerte ich bei meiner Nachbarin an die Türe. Und nochmal, da sie nach den ersten 2,5 Sekunden nicht öffnete.

»Was wollen Sie denn?«, fragte die Schnepfe.

»Sie wollen mich rausschmeißen? Ja? Wollen Sie das?«, fragte ich, die Frau war damit beschäftigt, meinen Mundgeruch nicht einzuatmen.

»Hören sie auf, sich hier aufzuführen! Sie leben hier nicht alleine, haben Sie etwas Respekt.«

Das war mein Stichwort. Einen Moment sah ich sie an, außerdem musste ich mein Gleichgewicht sammeln und halten.

»Respekt, meine Liebe? Sie meinen DEN Respekt? So respektvoll wie Sie und die anderen, von denen mir keiner gesagt hat, dass man mich rauswerfen möchte? So viel Respekt wie Sie mir gegeben haben, als sie mich am Boden liegen sahen oder nicht vorbeigekommen sind und sich erkundigten, ob alles in Ordnung ist, nachdem Sie komische Geräusche hörten?«
Sie sah mich an, die Anbiederung stand ihr ins Gesicht geschrieben.

»Schämen sollten Sie sich«, gab sie mir zurück. Aber das konnte ich nicht auf mir sitzen lassen.

»Nein, schämen sollten Sie sich. Sie verlangen, dass jeder so leise, brav und ignorant sein soll wie Sie selbst. Dass man ja nicht aus der Reihe tanzt und vielleicht Spaß hat. Sie sollten sich schämen, die Leute immer mit ihrem Blick zu vergiften und den Gedanken, die Ihnen durch den Kopf gehen. Schämen Sie sich für Ihr halbes Leben, das Sie nur damit verbracht haben, über andere zu richten.
Sie sind wie ein Kritiker, auf den keiner hören will und den auch keiner braucht. Und Kritiker sind Sie nur deshalb geworden, weil Sie zu feig waren, um im Theaterstück mitzuspielen. Aber das Stück heißt Leben – und wird nur einmal aufgeführt.«
Ihr Blick war versteinert, ich drehte mich weg und ging den Gang weiter, ein fettes Grinsen machte sich auf meinem Gesicht breit. Richtig stolz war ich auf meine Worte, auch wenn ich gerade nicht wusste, woher sie kamen. Ein fetter Schluck vom Bier schmeckte gleich noch genüsslicher.

Nachdem ich die erste Stiege etwas holprig hinunter kam, stand am Gang der Nachbar von unter mir. Ein junger Familienvater, jünger als ich. Diese Art von Mensch, den man allgemein als brav bezeichnet.

»Ist das ihr Computer?«, fragte er, die Antwort darauf war ihm bereits klar. Mein Computer stand vor ihm am Boden.

»Jap.«

»Wieso haben sie Ihn gegen das Fenster geworfen?« Ich musste kurz nachdenken, immerhin fiel mir etwas Lustiges ein.

»Es fing damit an, dass ich ein Fenster geöffnet habe und dann hat sich der Computer aufgehängt.«
Da lachte ich einen Moment was wohl auf den Alkohol zurückzuführen war, denn der junge Vater lachte nicht mit.

»Ach, kommen Sie. Fenster? Computer – Fenster?« Noch versuchte ich es ihm zu erklären, das war aber scheinbar nicht notwendig.

»Ich verstehe schon«, meinte er ruhig, »Ihr Computer scheint aber mit unserem Fenster nicht kompatibel zu sein.«
Hatte er gerade einen Witz gemacht? Seine Stimmlage war recht ernst. Ach was soll's. Ich lachte wieder, drehte mich um und ging die Stufen weiter nach unten. Auch der junge Vater hatte nun ein Lächeln – wenn auch nur ganz klein – im Gesicht.

Mein roter Strang, der mir den Weg wies, führte mich die Treppe nach unten, immer weiter, bis ich schon Richtung Keller unterwegs war. Also drehte ich um, nahm noch einen Schluck vom Bier und ging auf die Straße. Es war furchtbar hell, ich blinzelte in die Wolkendecke. Als ich die Augen kurz schloss, wurde mir schlecht.

Langsam – sagte ich mir selbst – es geht gleich weiter. Nur einen Moment wartete ich, bis ich wieder in der Lage war, weiterzugehen. Auch wenn ich nach wie vor nicht wusste, wohin – doch der Strang aus meiner Brust, zeigte es mir. Also endlich wieder ein Schritt. Es geht ja. Noch einer. Gut. Ich kotzte auf die Wiese neben dem Weg. Wäh. Mit etwas Bier spülte ich meinen Mund aus, spuckte alles auf die Seite. Ich fühlte mich gleich besser. Also torkelte ich den Gehsteig entlang.

Mütter sahen mich an und verstecken ihre Kinder hinter sich. Hunde rochen neugierig und interessiert an mir. Mein Strang führte mich immer weiter. An einer Ampel konnte ich etwas Zeit damit vertreiben, Polizisten beim Strafzettel für einen Fußgänger ausfüllen zu beobachten. Der Mann war bei Rot über die Ampel gelaufen, kein Auto war in der Nähe. Ich sah mich um, kein Mensch sagte etwas oder sah auch nur zu.

»Habt ihr echt nichts Besseres zu tun?«, rief ich über die Straße. Man ignorierte meine Frage.

»Gibt es nichts Schlimmeres zu bestrafen als einen Typen, der über die Straße läuft? Geht es uns so gut? Sind wir schon so gelangweilt?«
Einer der Polizisten drehte sich einen Moment um, auch der Mann, der den Strafzettel bekam, sah mich kurz an und hob für eine Sekunde fragend die Schultern.

»Bestrafung als Allheilmittel gegen die Anarchie. Wer hat das denn erfunden? Wohl noch die Kirche während ihrer Hochzeit«, murmelte ich mehr für mich, drehte mich umher um zu sehen, ob sich schon mehr Publikum zusammengefunden hat. Leider nicht. Und wie aus dem

Nichts, entstand plötzlich ein Strang vor meinen Augen. Direkt aus der Bierdose. Direkt auf die Polizisten hin.

»Soll ich dich werfen?«, frage ich die Dose.

Wäre das eine Lösung? Immerhin hatte es bereits einmal mit einer Tomate funktioniert. Es gab nur eine Möglichkeit, das herauszufinden. Mit allem, was ich hatte, schickte ich die Dose auf den Weg. Beinahe in Kurven fliegend – weil sie bereits fast leer war – suchte sie sich ihr Ziel: die Polizisten.

Doch leider war sie nach nicht mal der Hälfte bereits auf den Boden geknallt. Zugegeben, der Knall war laut als die Dose auf den Boden krachte. Doch ich hätte nicht erwartet, dass die Polizisten das als eine Art Gefahr einstufen könnten. Sie bückten sich, versteckten sich hinter den Autos und zogen den zu bestrafenden Mann nach. Ein Grinsen konnte ich mir nicht verhalten.

»Naja. Was auch immer.«

Ich drehte mich weiter und wollte gehen als einer der Polizisten mir mit gezogener Waffe folgte. Der andere hielt nervös den Verkehr auf. Es brauchte einige Versuche, bis ich ihn bemerkte.

»Stehen bleiben! Sofort stehen bleiben! Drehen sie sich um!«, rief er wie wild in meine Richtung.

Als ich sehen wollte, was da los war, bemerkte ich den Polizisten – mit der Waffe im Anschlag. Aus seiner Waffe kam ein grauer Strang – führte direkt zwischen meine Augen. Auch als ich meinen Kopf etwas hin und her drehte – der Strang folgte mir unaufhörlich. Also wusste ich zumindest, was geschehen könnte.

»Was ist denn?«, fragte ich den aufgeregten Beamten.

»Nehmen Sie Ihre Hände hoch und bleiben Sie ruhig!«

»Aber ich bin doch ruhig, du Eierkopf«, meinte ich, er wurde nur noch nervöser.

»Jetzt hoch mit den Händen, hinter den Kopf!« spuckte er in meine Richtung.

»Was hab ich denn getan?«

»Sie haben uns tätlich angegriffen!« Einen Moment musste ich nachdenken.

»Mit der Dose? So ein Quatsch.«

Er wurde immer roter, kam in kleinen Schritten näher. Der Mann, der nun scheinbar doch keinen Strafzettel bekam, starrte in meine Richtung. Nun blickten sowieso viele Menschen auf mich. Hier und da sah jemand geschockt drein, manche schüttelten sogar den Kopf. Als ob sie gewusst hätten, was hier abging.

»Halten Sie Ihren Mund! Hände hoch!«

»Halten Sie doch Ihren Mund, ich hab gar nichts getan.«

»Das wollten Sie aber und wenn Sie mich so anfahren, kommt Beamtenbeleidigung noch dazu.«

»Jetzt mal eines nach dem anderen«, fing ich an, »erstens war das eine Dose, keine Pistole. Zweitens haben Sie mich zuerst angefahren und drittens kann ich Sie gar nicht beleidigen. Dafür sind Sie viel zu dumm.«

Letzteres hätte ich mir sparen sollen. Mit einem Mal sprang er mich förmlich an, packte meine Hände, drehte mich um und drückte mich gleichzeitig auf den Boden – Gesicht voraus.

Überfordert vom wendigen Polizisten drückten sich kleine Steinchen in mein Gesicht, bis ich endlich bereit war, meinen Kopf zu heben.

»Was tun Sie denn da?«, fragte ich den Kerl, der seinen Schuh in meinen Nacken drückte.

»Ich sagte Ihnen, sie sollen die Klappe halten! Jetzt spüren sie die Konsequenzen, oder?«

»Bringt man Ihnen solche Worte extra bei, um intelligenter zu wirken…?«, er drückte fester zu, mein Gesicht presste sich wieder gegen den Asphalt. Umher schienen einige Leute stehen zu bleiben. Sie kamen ganz nah ran, nur wenige Meter Abstand, um etwas Realität abzubekommen.
Angenommen ich wäre ein Irrer mit einer echten Waffe anstatt einer Bierdose. Man hätte einfach alle abknallen können, kein Problem, da sie von alleine näher kamen. Womöglich sogar, nachdem man einige ihrer ebenso starrenden Kollegen abgeknallt hätte. Hauptsache man könne was Interessantes sehen. Wie Schafe, nur dümmer.

»Sie tun mir weh«, sagte ich so gut es ging. Den Typen über mir störte es nicht. Er fuchtelte seinem Kollegen entgegen, konzentrierte sich dann wieder auf mich.

»Du besoffener Penner glaubst wohl, du kannst machen, was du willst? Ha? Nicht in meiner Stadt. Da gilt das Gesetz.«
Harte Worte, dachte ich zuerst. Wie aus einem Klischee-Western. Als hätte er diese Sätze auswendig gelernt, um sie irgendwann – im richtigen Moment – loslassen zu können.

»Hören Sie sich selber zu?«, fragte ich ihn.
Er verstand aber nicht sofort.

»Schon wenn Sie 'meine Stadt' sagen, ist das Anarchismus. Sie sind nicht das Gesetz. Sie sind geil darauf, jemanden zu misshandeln.«
Sein Lächeln wurde größer und böser. Der Druck im Nacken stärker.

»Und wenn es so wäre, was willst du Scheißer dagegen machen?«
Die Lösung war mir bereits zuvor ins Auge gefallen.

»Ich mache überhaupt nichts. Kennen Sie das: Wenn man sich auf eine Sache konzentriert, dann vergisst man gerne, was um einen herum passiert.«

»Was?«, fragte er irritiert, kam dann aber selbst auf die Lösung.

Die Menschenmasse um uns – die immer näher kam – hatte nicht nur viele Augenpaare, sondern auch noch einige Kameras in Mobiltelefonen, die das Geschehen dokumentierten. Dass mein Gesicht sowieso schon blau und rot war, verstärkte den Effekt sicherlich noch zusätzlich. Der Polizist wurde blass, drehte sich zu denen mit den Kameras und bedrohte sie sogar einen Moment mit der Pistole.

»Geben Sie mir das Telefon!«, brüllte er, sprang von mir runter, konnte mich dann doch nicht alleine lassen. Zumindest nutzte ich den Moment, um aufzusitzen und zuzusehen wie die Masse sich zerstreute, als der Polizist näher kam. Einer der Zuseher löste sich von der Gruppe, mit seinem Telefon in der Hand rannte er schnell um die Ecke und drehte dort noch eine Einstellung von weiter weg.

Der Polizist ging unbeholfen umher, sein Kollege eilte endlich zur Hilfe und schrie ihn an, die Waffe endlich wegzustecken. Das tat er auch, sah sich dabei nervös um und atmete laut. Irgendwann sah er mich wieder an. Ich saß am Boden, betrunken, stinkend und müde, kleine Steinchen und Dreck klebten noch in meinem Gesicht.
Ich war wieder überraschend klar bei Verstand. Und er war wütend auf mich. Das war nur logisch. Er würde mir gerne ins Gesicht treten, ins Knie schießen und die Hände verdrehen. Aber er war geschlagen. Das wusste er. Keinesfalls durfte er noch etwas machen, was man ihm vorwerfen könnte. Langsam kam er näher und redete mich an.

»Stehen Sie auf, wir fahren.«
Nicht einmal angefasst hat er mich. Plötzlich war ich doch keine Gefahr mehr. Als er mir Handschellen anlegte und wir zum Auto gingen, fiel mir nur eine Sache ein, die ich noch sagen konnte.

»Es gibt wohl immer jemanden, der mehr Macht hat...«

Man hat mich im Polizeirevier auf eine kleine Holzbank direkt am Eingang gesetzt, aus einem Radio hallten Oldies in unglaublich schlechter Qualität in den Raum und es schien mir als wäre es heller geworden. Meine Augen schmerzten förmlich wegen dem Licht, ich bemerkte einen leichten Nebel in der Luft. Wahrscheinlich wurde ich einfach nüchtern. Was aber auch nicht gut war, denn ich erinnerte mich nun von vorne bis hinten an alles, was ich getan hatte. Normalerweise sind diese Erinnerungen am nächsten Morgen weit genug vergraben, dass einem alles egal sein konnte. Wobei, in dieser Situation war ich auch noch nicht.

Irgendetwas muss passiert sein, die Beamten waren aufgeregt und liefen ständig umher. Ich verhielt mich sowieso ruhig, weshalb man mich wohl in Ruhe ließ. Der Polizist, der mich hierher verfrachtet hatte, verschwand eine Zeit lang in einem Büro und man hörte eine laute, tiefe Stimme, die ihn tadelte. Genugtuung war es nicht gerade, aber es war schon lustig als der Polizist danach auf mich zukam.

»Ich muss mich für mein unangebrachtes Verhalten entschuldigen. Ich hoffe, Sie nehmen meine Entschuldigung an.«

Zwar konnte er mir dabei kaum in die Augen sehen, aber immerhin. Es wirkte wie ein schlecht auswendig gelerntes Gedicht eines Volksschülers.

»Sie müssen sich entschuldigen?«
Er sah mich wortlos an.

»Na gut, ich nehme Ihre Entschuldigung an. Weiters nehme ich an, dass so etwas nicht wieder passieren wird.«
Tadeln ließ er sich sowieso nicht gerne, noch viel weniger von mir. Als er gehen wollte, nutzte ich den Moment der Güte.

»Könnten Sie die Handschellen etwas lockern?«
Um das zu verdeutlichen zog ich meine Ärmel ein wenig höher, um die Druckstellen der Handschellen am Handgelenk zu zeigen. Der Mann war nicht ganz bei der Sache, nach einem schnellen und leisen 'Ja', klickte es und ich war die Handschellen komplett los.

»Man will mit Ihnen reden. Es dauert nicht lange«, meinte er, als er wieder hinter der nächsten Türe verschwand. Einen Moment rieb ich mir die endlich befreiten Gelenke, sah mich um und versuchte herauszufinden, was den Hühnerstall so aufregte.

Beamte in Uniform, Beamte in Zivil und weitere Frauen und Männer mit Zetteln und ernsten Blicken schwirrten umher. Immer wieder verließ einer den Laden, dann wieder einer und nach einer Zeit waren nur noch eine Handvoll Leute hier. Mir war bereits langweilig und es nervte mich, so lange warten zu müssen. Ein weiteres Bier wäre nicht schlecht.

Als auch mein persönlicher Freund und Helfer – also der Polizist, der mich verhaftet hatte – ging, war es sehr ruhig geworden. Schon vorhin bemerkte ich, dass die Eingangstüre nur gedrückt werden musste, um rauszukommen. Längst sah ich auch die Kameras, die sporadisch Gänge und Türen überwachten. Wieder sah ich mich um – eigenartige Stimmung, so alleine in einem Polizeirevier.

Haben die mich auf Kamera? Meinen Namen hatten sie jedenfalls nicht, sie wussten auch nicht, wo ich wohnte. Endlich wurde mir auch klar, dass mein Gesicht mit den Wunden und Pflastern so verdeckt war, dass es sehr schwer wäre, mich zu identifizieren. Außerdem hatte ich sowieso das Gefühl, dass die den Vorfall lieber vergessen wollten. Also: Was mache ich noch hier?

Mit einem schnellen Ruck stand ich auf und wartete, ob etwas passiert. Langsam ging ich zur Türe, aber mit dem Rücken voran. Keiner war zu sehen, keiner folgte mir. Genug Zeit verschwendet. Ich packte den Knauf an der Türe, er war aus Metall, und es reichte, ihn zu berühren, um zu bemerken, dass die Türe sehr massiv war. Es brauchte einiges an Kraft, doch noch bevor ich gegen die Türe drücken konnte, spürte ich, dass der Knauf vibrierte. Und wieder. Und wieder.

Es kamen Geräusche hinzu, von draußen näherten sich Leute. So viele, dass die Schritte sich bis über Türe ausweiteten. Langsam nahm ich meine Hand wieder vom Türknauf und beobachtete ihn einen Moment, drückte mich neben der Türe gegen die Mauer, um aus dem Weg zu sein.

Bäm! Die Türe knallte auf, eine Menschenmenge strömte in den Raum. Plötzlich war es wieder laut, überall Stimmen und Gesichter, jeder sagte dem anderen, was er gerade darüber dachte und manche zogen beim Reden oder Zuhören ein merkwürdiges Gesicht. In dem Moment roch es auch anders. Es erinnerte mich an den Geruch beim Bundesheer, als ich mit zehn Kameraden in einem Raum leben musste.

Nach wie vor hatte ich keine Ahnung, um was es eigentlich ging. Ich konnte aus dem wirren Reden und Plappern kein Wort verstehen. Inmitten der Menge war jemand in Handschellen und wohl höchst unfreiwillig hier. Die Türe wollte gerade schließen als ich mich entscheiden musste, ob ich nun schnell ging, oder doch noch herausfinden wollte, wer da festgenommen wurde – und warum. Wie in diesen billigen Fernsehsendungen, ist man dann doch neugierig – vor allem aber, weil alle so nervös waren.

Die Gruppe bewegte sich immer wieder hin und her, als ob der Typ recht kräftig wäre. Ohne Frage würde ich aus heutiger Sicht die Situation genutzt haben und zur Türe raus spaziert sein, als ob nie etwas gewesen wäre. Aber ich war stehen geblieben, was mir eingebrockt hat, dass diese Gruppe sich drehend zu mir bewegte, bis ich den Kerl sehen konnte, den sie festhielten. Und er konnte mich sehen.

»Du...«, hallte tief aus seinen Lungen.
Es war Mimis Ex. Der, der mir sowieso schon mal eine verpasste, schaffte es sich für einen Moment loszureißen, starr vor Schreck stand ich da und bekam dieses Mal eines auf die andere Seite. Ich schlitterte retour gegen die Wand, eine gefühlte Sekunde später sah es aus, als würde sich die ganze Gruppe auf den Kerl stürze.

Benebelt ging ich in die Knie, die eine Seite schmerzte neu, die andere schmerzte alt – wie ein Hall aus Schmerzen, der sich über mein Gesicht wälzte. Erst nach einigen Sekunden bemerkte ich, dass der Lärmpegel um einiges gestiegen war, der Typ grunzte und schnaufte, die Beamten hatten alle Hände voll zu tun. Ein wenig schlimmer kam es aber doch noch. Denn als ich mich wieder aufrecht hingestellt hatte, knallte die Türe auf und Mimi stand vor mir.

»Was machst du denn da?«, fragte sie mich mit weit aufgerissenen Augen. Ich hob etwas die Schultern, schüttelte den Kopf.

»Wir haben uns nie gesehen, okay? Ich war bei einer Freundin und nicht bei dir«, stellte sie klar Flüsternd, damit der sowieso schon wütende Typ unter den Beamten nicht noch wütender wurde. Sie drehte sich dann zur Gruppe und machte mit bei dem Gerangel. Ich zog irritiert die schwere Türe auf und ging durch den dunklen Gang nach draußen.

Einige Momente zu spät. Mein Kopf brummte, nicht nur wegen der Schläge. Nein, auch weil er schon wieder so voll war mit dem heutigen Tag. Das erste, was mir gefiel, war ein kleines Plätzchen im Park. Schattig und ruhig. Ich setzte mich auf den Boden, sah eine junge Frau, die mit einem Plastiksack die Scheiße des Hundes aufräumte, der kaum dem Größenverhältnis zum Kot standhielt. Bäh. Die einzigen Grünflächen die man in der Stadt hat, werden von den Hundebesitzern als Packstation verwendet. Vorsichtig legte ich mich zurück, es war warm, die Vögel zwitscherten und der Lärm der Stadt, war nur mehr ein grauer Schleier im Hintergrund. Mein Körper sackte regelrecht in sich zusammen. Ich schlief ein.

Es war kalt, es war dunkel. Laute Geräusche. Ich sah mich um, es schien ein riesiges Ungetüm zu sein, wie ein Kriegsmaschine aus tausenden Teilen von anderen Kriegsmaschinen zusammengebaut. Schnell rannte ich weg, ich bewegte mich jedoch nicht vom Fleck, egal wie sehr ich mich bemühte. Doch die Maschine kam näher und es war so unglaublich laut! Staub prasselte auf mich hernieder, ich starrte mir selbst über die Schulter, hoch auf das Gefährt, das vor mir stehen blieb. Mit wenigen Handgriffen war ich oben, eine Art Fahrerkabine, von der aus man alles Steuern konnte. Menschen liefen weg, feuerten klein wie Ameisen Gegenstände auf mich. Mit dem Maschinengewehr antwortete ich.

»Ja! Lauft nur! Ja! Weg mit euch! Ihr sollt sterben, sterben!«

Die Leute vor dem Gefährt rannten und starben. Hunderte, wenn nicht mehr. Mit tosendem Motor bewegte ich mich vorwärts, sah mich selbst am Steuer, sah mich selbst Leute töten.

Erschrocken erwachte ich, es war bereits dunkel geworden und in meinen Ohren lag noch immer das Geräusch der Kriegsmaschine. Als ich mich umsah bemerkte ich ein Putzfahrzeug, das gerade mit lautem Getöse die Straße säuberte. Mein Kopf reimte sich wohl wieder was zusammen, aber es ging mir bedeutend besser.

Es dauerte, bis ich aufstehen wollte, dann schlenderte ich seelenruhig weiter, der Kopf war leerer und noch etwas müde.

Ich kam vorbei an Eisdielen, an Cafés die schließen wollten. Wenige Menschen waren noch unterwegs, einige verzogene Gesichter und was man sonst um die Zeit auf der Straße findet. Bald erreichte ich die Brücke. Die Brücke, die so viele Menschen angezogen hatte und noch immer anzieht. Angelehnt sah ich nach vorne hinunter in das Flussbett, das Wasser war weniger geworden, man sah den Beton, der den Fluss seit Jahrzehnten führte.

Wieviele sind wohl schon gesprungen? Waren sie wirklich gleich tot, als sie aufgeschlagen sind? Tut sterben überhaupt weh oder ist dann aller Schmerz vergessen, wenn der Körper seine Funktion einstellt? Leben die Gedanken noch kurz weiter, länger als der Körper?

Einen Moment lang starrte ich umher, fragte mich auch noch, ob Michael irgendwann springen würde. Ich ließ den Tag Revue passieren. Was mache ich jetzt eigentlich? Die Talsohle war wohl erreicht, sogar überschritten.
Man sagt, wenn man etwas zu sehr durchdenkt, tut man es sowieso nicht. Also hörte ich auf zu denken, griff beherzt ans Geländer, stemmte mich hinüber und sprang.

So war ich in der Luft. Ein Gefühl von Freiheit, aber auch bezwängend. Wahrscheinlich, weil ich meine Gedanken vom Hier und Jetzt abzulenken versuchte – an nichts zu denken, wäre das Ideal. Das ist aber selbst in normalen Situationen sehr schwierig.

Wenn man weiß, was passieren wird, ist das oft beruhigend. Wenn man aber weiß, dass man mit dem Kopf auf den Beton knallen und hoffentlich dabei bewusstlos werden wird, während der Kopf splittert und ausläuft und man gleichzeitig auch noch ersäuft – dann ist es schwer die Gedanken davon wieder wegzubekommen. Doch es war sowieso etwas eigenartig, denn ich müsste längst angekommen sein.

Wenige Meter vor mir war mein Ziel, näher kam ich aber nicht. Das komische Ziehen in der Leistengegend, war mein Gürtel. Als ich das bemerkte, erinnerte ich mich an das Gespräch mit Erich, der auch auf dieser Brücke hängengeblieben war, aber in einer unendliche Male schmerzhafteren Weise. Also hatte sich mein Gürtel verfangen. Das Geländer war so ausgiebig verziert und verbogen – eines dieser Teile stand hervor und hielt mich fest. Das nenne ich Ironie. Die Brücke, die viele Selbstmörder anzieht, rettet diese immer mal wieder.

Nachdem ich einige ruckartige Bewegungen vollzogen habe, musste ich akzeptieren, dass dieses Teil weder brechen würde noch, dass ich auf die Schnelle aus meiner Position weg konnte. Außerdem spazierten gerade einige Leute vorbei, weshalb ich mich ruhig verhielt. Was mache ich jetzt?

Stumm und regungslos hing ich also an einer Brücke. Es wurde mir auch langsam langweilig. Klar war ich auch wütend, immerhin war ich sogar unfähig, mich irgendwo hinunterzuwerfen. Es könnte alles schon vorbei sein, alles endlich vorbei sein. Aber nein.

Ich dachte an meine Mutter, die daran noch weiter zerbrechen würde. Was hatte ich mir gedacht? Wenn, dann sollte ich nicht so egoistisch sein und wenigstens alles regeln, bevor ich so einen Schlussstrich zog. Die Wohnung ausräumen. Ah, verdammt. Das muss ich sowieso. Irgendwo musste ich einen Transporter ausleihen. Naja, wie ich sagte: Wenn man etwas zu sehr durchdenkt, macht man es nicht. Zwar glaubte ich nicht an das Schicksal, aber scheinbar war es noch nicht Zeit für mich, zu gehen. Scheinbar gab es noch etwas, dass ich erleben sollte.

Oder ich war einfach zu blöd, um von einer Brücke zu springen.

Nach einer Dreiviertelstunde war ich doch schon sehr angespannt. Es war keine sehr gemütliche Position, denn der Gürtel drückte unentwegt in meinen Bauch. Zumindest habe ich herausgefunden, dass ich eigentlich nur den Gürtel öffnen hätte müssen, dann wäre es weiter nach unten gegangen. Aber nicht mit mir. Dieser Gürtel ist seine 14,99 wert und ich war viel zu wütend, um jetzt zu sterben. Aber wie um alles in der Welt sollte ich von dieser Scheiß Brücke runter kommen?

Nochmal schüttelte ich mich vor Wut, als jemand ans Geländer kam. Ruhig wartete ich einen Moment, drehte mich um und sah eine junge Frau. Sie hatte Tränen in den Augen, ein Taschentuch in der Hand und lachte. Sie lachte mich aus.

»Was ist denn so lustig?«, warf ich ihr wütend entgegen. Sie bog sich aber noch weiter vor Lachen. Ich wiederum wurde noch noch wütender.

»Wie das aussieht«, konnte sie zwischen den Lachern einbetten.

»Die dümmsten Selbstmörder der Welt!«, und sie brüllte fast vor Lachen.

Wobei, ihre Stimme schien nicht sehr kräftig zu sein, aber im Verhältnis lachte sie doch laut. Zu laut.

»Hör auf zu lachen, du lockst nur andere Leute an.« Sie hielt sich das Taschentuch vor den Mund, um den Schall zu dämmen. Danach starteten wir eine Rettungsaktion, ohne dabei ein Wort zu verlieren. Sie hatte vorerst eh damit zu tun, ihr Lachen zu verkneifen. Um mich zu erreichen, stieg sie über das Gelände, zog mich zurück, damit ich wieder auf den Vorsprung kam. Beide außer Atem, standen wir uns nun gegenüber und ich erblickte ihr Gesicht.

»Warum hast du geweint?«, fragte ich gerade heraus. Sie brauchte etwas Zeit zum antworten.

»Kein guter Tag« meinte sie.

»War ich wenigstens nicht der einzige.«

»Und das war die Lösung?«

Passend zum Satz, zeigte sie nach unten. Ich hob fragend die Schultern.

»Vielleicht.«

Es wurde ruhig für einen Moment. Wir beide blickten hinunter ins Wasser. Es schien als ob das Flussbett wieder mehr Wasser führte.

»Im Norden hat es geregnet. Es dauert nicht lange und das Wasser kommt bis hierher« sagte sie, »Mein Vater hat mir das erklärt als ich noch klein war, aber ich hab nie viel Interesse an solchen Dingen gehabt.«

Wieder starrte sie ins Leere.

»Wolltest du springen?«

Traurig hob sie ihren Blick, sah mich an. Es brauchte keine Antwort.

»Ist es denn tatsächlich so schlimm?«

»Sag du es mir«, warf sie zurück und hatte recht damit. Was sollte gerade ich verurteilen?

Erst dann war mir aufgefallen, dass sie sehr hübsch war. Auf ihre Art. Helle Haut, kleine Grübchen an der Wange. Ein freundlicher Blick. Was war nur geschehen? Ich dachte, es wäre leichter für Menschen wie sie. Jung und hübsch, ihr Blick wirkt fürsorglich und treu. Doch gleichzeitig so verletzlich. Eine Rose, die im ersten Frost vergeht und lange braucht, um wieder zu blühen. Doch nur, wenn sie es auch will.

»Komm, wir springen auf die sichere Seite«, schlug ich vor und lehnte mich über das Geländer.

Nachdem ich es über das Geländer geschafft hatte, umfasste ich ihre zarte Hand und sie wollte es mir gleich tun. Es dauerte viel länger als sie vorhin gebraucht hatte.

Wir sahen uns in die Augen. Sie lächelte einen Moment. Sie rutschte mit dem Fuß weg und stürzte nach unten. Vor meinen Augen verschwand sie einfach. Doch meine Hand hielt noch immer die ihre. Ruckartig schleuderte es mich gegen das Geländer, die Verzierungen bohrten sich in meinen Oberkörper, aber ich bemerkte es kaum.

Schnaufend sah ich endlich wieder ihr Gesicht, sie war ruhig und ihre Augen angsterfüllt. Verzweifelt suchte ich mehr halt am Geländer – auch mit den Füßen – um meine zweite Hand verwenden zu können. Doch sogar diese zierliche Frau war beinahe unmöglich zu halten. Ihre Hand wurde von meiner fast zerquetscht, so fest hielt ich sie. Endlich fing sie an sich zu bewegen.

»Halt dich fest!«, sagte ich so laut es möglich war, das Geländer drückte fester und fester gegen meine Brust. Sie fing an, sich mit der anderen Hand nach oben zu arbeiten, hielt sich dann endlich am Vorsprung fest. Erleichterung, auch ich konnte nun umgreifen und einen besseren Halt suchen. Es war ihr fast unmöglich, weiter nach oben zu greifen, doch sie schaffte es zumindest, die Verzierung zu erreichen, die mich vorhin aufgefangen hatte. So war sie hoch genug, um mit den Knien wieder Halt zu bekommen. Bevor das zweite Knie am Vorsprung war, knackste es. Und nochmal. Die Verzierung brach weg, sie rutschte wieder nach unten und ihre Hand glitt durch meine hindurch.

Kurz war es ganz still, ich sah ihr Gesicht kleiner werdend auf dem Weg nach unten. Wir blickten uns an. Sie traf das Wasser mit voller Wucht. Im nächsten Moment war sie nicht mehr zu sehen.

Schnell rannte ich von der Brücke, die Straße entlang bis zu der nächsten Kurve, wo auch der Fluss sich bog. Dort suchte ich alles ab, endlich sah ich etwas im Wasser treiben und stürzte hinein. Das Wasser war tiefer als gedacht, auch kälter. In dem Moment begann es zu regnen.

Als ich im dunklen Wasser ihren Körper fand, blitzte gerade das Licht eines parkenden Autos auf uns. Vorsichtig zog ich sie ans Ufer, sie war regungslos, doch atmete noch. Aus dem Auto stieg ein älterer Herr, der sofort die Rettung rief. Ich hielt die unbekannte Frau fest und wusste nicht, was zu tun war. Als das Blaulicht der Rettung sich näherte, war ich bereits wieder ruhiger geworden.
Sie sah aus, als würde sie schlafen.

Im Krankenhaus ließ man mich mit einer Decke stehen, da ich nicht einmal wusste, wie sie hieß. Zwar konnte ich eh nichts für sie machen, doch wollte ich sehen, ob es ihr gut ging. Wahrscheinlich war es nur aus der ungewöhnlichen Situation heraus, doch es war mir, als ob ich für sie verantwortlich war. Als würde ich sie vermissen.

So saß ich da, auf einer grauen Bank im Krankenhaus. Nass von oben bis unten, starrer Blick auf den Boden und den Kopf voller Gedanken über eine unbekannte Frau. War mir das Schicksal so gütig, dass man mir die Frau zeigt und im nächsten Moment wieder entreißt? Wieso ist es so unfair? Immer glaubt man, dass es besser wird und dass man irgendjemanden helfen… einen Moment. Da kam mir ein anderer Gedanke.

Natürlich war ich auf der Brücke – aber was, wenn es nicht um mich ging? Ich war dort. Sie wollte springen und womöglich hätte sie es auch gemacht. Es geht um sie und darum, dass ich sie gerettet habe. Tatsächlich war ich zur richtigen Zeit am richtigen Ort! Hing zwar am Geländer fest, aber dennoch. Warum war sie aber gefallen? Gibt es auf so etwas eine Antwort oder ist es purer Zufall, dass dieses Metallteil mich auffing und sie fallen ließ?

Ich wischte mir die Augen, es war bereits sehr spät und endlich kam jemand auf mich zu.

»Es geht ihr gut, sie hat keine schweren Verletzungen, aber sie muss sich ausruhen. Leider haben wir ihre Eltern noch nicht ausfindig machen können«, meinte die Krankenschwester, die scheinbar hoffte ich hätte weitere Kontaktdaten.

Nachdem sie verschwunden war, suchte ich die Gänge ab, bis ich einen Aufenthaltsraum fand. Die kleine Couch darin war genug, um die paar Stunden bis in den Morgen zu überbrücken.

Es war ein sehr unruhiger Schlaf, ich zuckte hin und wieder und als ich erschrocken aufwachte, sah ich in das Gesicht eines älteren Herren. Irritiert musste ich mich erst orientieren, mein Gewand war noch immer feucht und in der Türe hinter dem Mann, stand eine ältere Frau mit Tränen in den Augen.

»Haben sie unsere Tochter aus dem Wasser geholt?«, fragte er mich, was die Situation sogleich auflöste. Verschlafen setzte ich mich auf, versuchte wach auszusehen.

»Unsere Tochter Marie. Was war geschehen?« Endlich erfuhr ich ihren Namen. Er passte zu ihr, so leicht und schön. Auf die Frage hatte ich aber auch keine Antwort. Natürlich könnte ich ihm sagen was alles geschehen war, doch das war nur das Ergebnis von dem, was dahinter steckte. Wollte ich ihnen verraten, was ihre Tochter vorhatte? War es meine Aufgabe?

»Es war ein Unfall«, fing ich an, es war auch nicht gänzlich gelogen. Der Mann blickte ernst drein. Er kam mir etwas zu alt vor, um eine so junge Tochter zu haben.

»Wie konnte das passieren? Warum war sie im Fluss?«, fuhr er mich an als hätte ich nun doch Schuld daran. Eigentlich hatte ich keine Lust, mich an den Pranger stellen zu lassen.

»Es spielt keine Rolle, wie sie im Wasser gelandet ist. Fragen Sie sich lieber, warum sie überhaupt auf die Brücke gegangen ist.«
Er verstand offenbar, was ich damit sagen wollte. Ein kurzer Blick zu seiner Frau und ein längerer auf den Boden gaben ihm Zeit, um sich darüber im Klaren zu werden.

Als er wieder zu reden begann wollte er gleich wissen, ob wir uns schon länger kannten. Was ich dort gemacht habe und wer ich überhaupt war. Der Mann schien an sich nicht sehr redselig zu sein, doch schien er heute eine Ausnahme zu machen. Als seine Frau hinzukam diskutierten die beiden, warum die liebe und unkomplizierte Tochter so etwas mache. Immerhin habe keine ihrer anderen Töchter solche Probleme gemacht. Nie.

Zwar konnte ich nur erahnen, doch es war mir, als wäre er als beschäftigter Geschäftsmann und sie als gelangweilte Hausfrau immer zu abgelenkt, um zu bemerken, was Marie bedrückte. Sie war wohl als jüngste Tochter so überaus unkompliziert, dass man sich daran gewöhnte, sich nicht um sie kümmern zu müssen.

In der immer behüteten Welt, in der Marie aufwuchs, waren Dinge, die plötzlich schiefgelaufen waren, dafür gleich umso schlimmer. Sie konnte mit niemandem reden und baute sich ihre kleine Scheinwelt immer weiter aus.

Klar, ich war in einer scheinbar schlimmeren Situation – wenn man es vergleichen würde. Doch das wäre falsch.

Denn für Marie waren bereits Kleinigkeiten groß und schwer. Man möchte es oft belächeln, doch der Schmerz den man empfindet, ist derselbe. Wie ein Kind, das sich vor der Dunkelheit fürchtet. Als Erwachsener ist man es gewöhnt, doch jemand der nie in den Schatten gehen musste, wird sich auch dann noch davor fürchten.

Eine der anderen Töchter kam, um die Eltern abzuholen. Ich bat darum, Marie von mir zu grüßen und auszurichten, dass ich sie besuchen würde. Es war mir wieder in den Kopf geschossen, dass ich eigentlich noch viel zu tun hatte. Deshalb verließ ich das Krankenhaus, nur mit einem Namen.

Nicht nur, dass ich nach Hause ging, um mich endlich umzuziehen, ich machte mich außerdem auf den Weg in meine Heimat. Dort, wo meine Mutter auf mich wartete, um meinen Vater zu beerdigen. Ich würde nicht mehr zu oft in meine Wohnung kommen – so fühlte es sich zumindest an. Immerhin waren meine Tage bald gezählt in diesen vier Wänden.

Also begann ich mit dem Packen und machte sauber. Mein Zug ging in ein paar Stunden. Es dauerte nicht lange, da stapelten sich die ersten Kisten und Plastiktüten an der Türe. Da erinnerte ich mich an mein kleines Experiment mit der kompostierbaren Plastiktüte.

Vorsichtig durchsuchte ich die Pflanze, in die ich sie vor Wochen gegeben hatte. Und tatsächlich: Was von der Plastiktüte noch vorhanden war, war nur mehr dünn und braun. Sie verschwand einfach in der Erde. Die Pflanze schien auch wieder fit zu werden und als weiteren Ansporn erhielt sie von mir etwas Wasser.

Manchmal sind die Dinge eben nicht so wie sie scheinen. Man hat einen bestimmten Ablauf im Kopf und lässt sich kaum davon abbringen. Das bedeute, dass man sich manchmal einfach nicht belehren lassen möchte. Oder anders gesagt: Man ist nicht gewillt, etwas Neues lernen.

Mit Sturmgepäck und meinem guten Anzug erreichte ich den Bahnhof, zahlte eine übertriebene Summe für ein Zugticket und genoss dann die ruhige Fahrt durch das Grün. Etwas mehr als eine Stunde. Beinahe durchgehend musste ich an die Unbekannte denken. Marie, sie war ja nicht mehr ganz so unbekannt. Ich hätte sie gerne noch einmal gesehen.

Was, wenn sie es wieder versucht? Was, wenn die Eltern sie zwingen, sich helfen zu lassen? Müde strich ich über meine Stirn, meinen Bruder Alfred hatte ich bereits angerufen, damit man mich vom Bahnhof abhole. Wie es meiner Mutter wohl geht? Beim Blick aus dem Fenster bemerkte ich, dass ich wieder mit den Augen abwechselnd blinzle. Eines meiner Augen war eindeutig schlechter geworden. Beinahe milchig. Aber halb so schlimm, dachte ich.

Am Bahnhof angekommen, erwartete mich zu meiner Überraschung meine Mutter. Sie hatte etwas geschwollene Augen vom vielen Weinen, doch sie winkte mir schon vom Weiten mit einem Lächeln zu. Wir begrüßten uns, umarmten einander lange und es gab eine kurze Fragestunde zwecks meines noch immer blauen Auges. Doch ich konnte sie beruhigen – es war schließlich für einen guten Zweck.

Bald saßen wir im Auto, endlich konnte ich auch mal wieder meinen Führerschein gebrauchen. Meine Mutter sah dabei aus dem Beifahrerfenster, knabberte an ihren Fingernägeln.
»Was ist los?«, wollte ich wissen.
Sie drehte sich zu mir, ihr Blick war nachdenklich.
»Ich wollte dich sehen, bevor du die Anderen triffst«, fing sie an.

»Du kennst unser Haus. Du weißt wie groß es ist. Wie leer. Du und dein Bruder, ihr seid weg. Jetzt ist dein Vater gestorben. Vielleicht ist es noch zu früh darüber nachzudenken, aber ich möchte, dass du mich unterstützt, wenn ich das Haus verkaufen will. Wegen Alfred.«

Das kam unerwartet. Zuerst war es für mich kein großes Problem dem zuzustimmen, doch nur wenige Sekunden später war mir die Bedeutung dessen erst bewusst geworden. Sie würde in eine kleine Wohnung ziehen.

Der Ort, an dem wir aufgewachsen waren, wäre weg. Jede Erinnerung, jede Ecke und jedes Zimmer – verkauft an jemand Fremden. Natürlich fragte ich mich, warum sie wenige Tage nach Vaters Tod bereits wusste, dass sie das machen möchte. Verstand aber gleichzeitig, weshalb. Es war groß. Es war leer. Ein Grundstück, auf dem man zu zweit schon Probleme hatte, es zu erhalten.

»Wenn du das willst, werde ich dich natürlich unterstützen«, sagte ich ihr, »aber ich möchte, dass du wenigstens noch einige Zeit darüber nachdenkst. Vielleicht ergibt sich ja noch etwas.«

Es war mir klar, dass sich nichts ergeben würde. Was auch? Das Haus ist weit weg von der Stadt, teilweise wären Renovierungen notwendig. Mit Kindern und einem Job in der Nähe – klar! Oder als Residenz für das Alter? Sofort! Doch eine Frau mitte 50, alleine, kaum Nachbarn und nichts ist ohne Auto erreichbar? Sie hatte schon recht. Sie hatte sich das kurzfristig überlegt, aber doch durchdacht.

»Morgen um halb elf geht es los. Wir fahren mit deinem Vater von unserem Haus los, hinüber auf den Gemeindefriedhof. Danach gibt es beim Gasthof Rübi was zu Essen.«

Sie mochte das Wort Leichenschmaus noch nie. Zwei Wörter, die miteinander nichts zu tun und somit nichts aneinander zu suchen hätten. Ich erinnerte mich gut an den Gasthof Rübi. Als Jugendlicher mit dem Rad erreichbar, war es der erste Treff, wenn wir uns ein Schlicker Bier genehmigen wollten.

Wir schlichen hinten rein, schnappten uns manchmal Flaschen und rauchten dann heimlich im Wald. Wir waren zwar nur zu dritt, dafür die besten Freunde. Wobei der Trenker bereits gestorben war. Wir nannten ihn immer Trenker, den Trinker. Und wir tränkten den Trenker. Wortspiele waren an der Tagesordnung. Doch es war nur zu wahr gewesen.

Er schaffte es mit seinem Auto von der Bundesstraße abzukommen und damit in den Wald zu fliegen. Er muss an die 180 Sachen drauf gehabt haben, die Mulde neben der Straße war wie eine Rampe und die ersten Bäume waren wie abrasiert. Man fand ihn erst etliche Stunden später, tot war er wahrscheinlich sofort. Es geht das Gerücht um, dass sein verstümmelter Körper noch nach Bier gerochen hat. Wahrscheinlich ist aber, dass er einfach eine Menge Bier getrunken hatte und sein Magen aufgeschlitzt wurde. Wenn das Leben wirklich wie eine Schachtel Pralinen ist, sind manche davon mit allerlei Müll gefüllt.

Wir kamen gerade in die Einfahrt, mein Bruder Alfred stand mit einer Zigarette da und winkte uns in seiner aufgesetzt lässigen Art zu. Auch andere Verwandte waren da, alle kümmerten sich um etwas, jeder wollte seinen Beitrag leisten. Nur Alfreds Frau und sein Kind waren nicht gekommen. Die beiden hatten sich zerstritten und nun tauchte sie nicht einmal zur Beerdigung seines Vaters auf.

Nach der Begrüßung, ging ich hoch in mein altes Zimmer. Es war nicht mehr wie früher, es war alles anders. Nachdem ich vor einigen Jahren selbst alles aussortiert hatte, war dieses Zimmer nur mehr ein Gästezimmer. Und ich der Gast. Einzig der Blick aus dem Fenster vermochte es nach wie vor, mich an die alten Zeiten zu erinnern. Jeden Tag sah ich aus diesem Fenster. Jeden einzelnen Tag. Jede Jahreszeit, jedes Wetter, jede Stimmung. Die Bäume waren noch immer die selben, stummen Zeugen, die geduldig warten konnten. Ein Ausblick, der nichts Besonderes war. Außer man hatte hier einst gelebt.

Ich schlich durch den Garten, suchte die alten Ecken auf, in denen ich mich gerne herumgetrieben hatte. Die Äste, auf denen ich gesessen war, Baumhäuser, die nur mehr in meiner Erinnerung existierten. Und immer wieder war da mein Vater. Es war mir nicht so klar gewesen, doch er war immer da. Manchmal, um mir etwas zu zeigen. Manchmal, um mich zurechtzuweisen. Manchmal war er aber nicht da, um für uns Geld zu verdienen. Es war ein schönes Leben, eine schöne Kindheit.

Wie oft, wenn man lange weg war, vergingen die nächsten Stunden wie im Fluge. Jeder wollte wissen, wie es finge und was man so mache. Ich log einfach. Vielleicht war es nicht ganz meine Art, doch ich kannte alle und wusste, dass man sich nur noch mehr Sorgen machen würde. Einzig ließ ich anklingen, dass ich vielleicht wieder nach Hause kommen könnte. Das gefiel jedem so gut, dass man weder nach dem Grund, noch nach weiteren Details fragte.

Über das Abendessen hinweg gab es nur mehr eine kleine Diskussion mit meinem Bruder, warum er alleine gekommen war. Unsere Mutter wünschte sich nichts sehnlicher als ihren Enkel zu sehen, doch scheinbar hatte Alfred sich mit seiner Frau zu sehr zerstritten. Er verriet nicht mal wo sie gerade lebten.

Die Beerdigung am nächsten Tag war schön, das Essen gut und das Schlicker Bier mit meinem letzten besten Freund Mikka ausgezeichnet. Wie immer quatschten wir über die alten Zeiten, was Trenker nicht alles aufgeführt hatte und welchen Blödsinn wir angestellt hatten.

Da Mikka ein großer blonder Halbschwede war, war er immer sehr beliebt bei den Mädels. Doch das wurde ihm letztlich zum Verhängnis.

Nach einer Nacht mit einem Mädel, war sie schwanger geworden. Mikka aber verliebte sich in eine andere, mit der er nun zwei Kinder hatte. Nachdem diese wiederum ihn verließ, da er fremdging, hatte er nun drei Kinder zu unterhalten.
Jahrelang dachte er darüber nach, einfach wegzugehen. Abhauen und auf nimmerwiedersehen. Als Einzelkind ohne Vater wollte er seine Mutter aber auch nicht alleine lassen. Also fand er einen besseren Weg: arbeitslos.

Immer wieder bedankte er sich bei den Leuten, dass sie ihm sein Leben ermöglichten. Nebenher pfuschte er ein wenig und so lebt er dahin. Auch er war gebrochen in einer Art, die mit tausend Schlicker Bierchen nicht zu reparieren war. Und weil sich jeder am Land kennt, war auch der Spott und die Nachrede groß. Jedes einzelne Wort drückte ihn weiter nach unten und nun ging dieser Mann mit einem Meter neunzig plötzlich gekrümmt und ohne Selbstbewusstsein umher, als würde jedes einzelne Wort und jede einzelne Tat auf seinen Schultern lasten. Wenige wollten mit ihm zu tun haben obwohl er harmlos war. Auch wenn er Fehler gemacht hat. Das wollte jedoch niemand hören. Leichter war es, ihn weiter zu treten.

Ein offenes Geheimnis war, dass die eine Kindesmutter, mit der er eine Nacht verbracht hatte, ihn scheinbar an sich binden wollte, indem sie schwanger wurde. Der Mikka war eh schon fast zu betrunken an dem Abend – ich erinnerte mich sogar daran. Eben nur fast. Nachdem Mikka sich bald darauf in eine andere Frau verliebt hatte, verfolgte die Schwangere die beiden und drohte der neuen Freundin. Dadurch entfernte sich Mikka nur weiter von ihr.

Die Gerüchteküche machte auch sie dafür verantwortlich, dass Mikka seine Freundin betrog. So wurde aus einer lustigen und alkoholreichen Nacht mit etwas Rumgeknutsche mit einer Fremden, im Nachhinein per Nachrede, Fremdgehen. Mikka hat seiner Freundin gestanden, dass er jemanden geküsst hatte. Nur geküsst. Die Freundin brach unter der Flut an Anschuldigungen, die in der Gemeinde erzählt wurden, nieder.

Jeder schien es besser zu wissen, förmlich dabei gewesen zu sein, als er mit der fremden Frau geschlafen haben soll. Ob küssen oder schlafen – beides ist nicht richtig. Doch schmeckt die Praline umso grässlicher, wenn man weiß, dass sie einem untergeschoben wurde. Man hat selbst nicht die Macht, dagegen anzukämpfen. Über die Jahre wird es weniger, doch man vergisst nicht. Dabei ist es egal ob es wahr, oder falsch ist.

Wir verabschiedeten uns etwas angeheitert, es war bereits Abend geworden. Wir wussten, wir würden uns lange nicht wiedersehen und Mikka sah mich noch einmal genau an bevor er ging.

»Ich hätte auch abhauen sollen. In die Stadt, so wie du.«

Ich verstand nicht genau, was er damit meinte.

»Was wäre anders gewesen?«

Nachdenklich sah er um sich und grinste.

»Wahrscheinlich hätte ich dann neun Kinder!«

Wir lachten einen kurzen Moment.

Er war ein guter Mensch. Loslassen konnte er nicht, da gab es keinen richtigen Moment oder einen letzten Zug, den er noch ungesehen nehmen konnte. Und mit den Frauen gab es meistens nur mehr ein erstes Treffen, aber kein zweites. Er war einsam geworden.

Zuhause bei meiner Mutter angekommen, redeten wir noch lange bei einer Flasche Rotwein über alten Zeiten. Es war eines dieser Gespräche, die man nur selten führen kann. Nicht oft ist man so locker und offen. Wir schwelgten in Erinnerungen, lachten über Situationen und hatten Tränen in den Augen, wenn wir über Vater sprachen.

»Komisch ist das«, meinte sie, »man wacht eines Tages auf und ist alt. Die Kinder sind weg, dann ist der Mann weg. Was soll ich tun? Arbeiten bis ich in Pension bin und dann alleine hier rumsitzen?«

Sie schüttelte den Kopf, man spürte regelrecht, wie sehr sie es fürchtete.

»Vielleicht suche ich mir Untermieter, oder kann den Grund verpachten. Etwas Leben hierher bekommen. Man kann aus dem oberen Stock doch leicht eine Wohnung machen. Ich brauch den Platz sowieso nicht.«

Wie zuvor fragte ich mich, wer um alles in der Welt denn hier eine Wohnung brauchen würde. Doch ich sagte nichts, ich denke sie wusste, wie realistisch das war. Weiters erklärte ich, dass ich bald wieder fahren würde. Schon morgen nach dem Frühstück. Ich verlor kein Wort warum, doch ich erwähnte nebenbei Marie. Es freute sie immer, wenn man von einem Mädchen erzählte. Da vergisst sie schon mal alle anderen Sorgen.

Zwar kam ich am nächsten Morgen bereits kurz vor acht in die Küche, doch meine Mutter und mein Bruder waren längst am Frühstücken.

»Morgen!« meinte Alfred etwas trotzig, »bevor du fährst, müssen wir reden.«

Ich murrte zustimmend und braute mir einen Kaffee zusammen. Es war noch zu früh, auch der Wein schien noch nicht ganz verschwunden zu sein.

»Ich will nicht, dass Mama das Haus verkauft«, startet er gleich los, »das wäre uns gegenüber unfair.«

»Was soll das denn bedeuten?«, fragte ich nach, da ich es tatsächlich nicht verstand.

»Das ist doch unser einziges Erbe. Hier sind unsere Wurzeln.«

»Glaubst du, das weiß ich nicht? Und rede bitte nicht so, als ob unsere Mutter nicht direkt neben uns stehen würde. Sie wohnt hier, sie hat es mitaufgebaut und sie entscheidet was geschehen wird. Das respektiere ich, mach du das bitte auch.«

»Ach, du bist einfach immer auf der anderen Seite!«

»So ein Blödsinn! Du bist nur immer auf der falschen. Warst es schon immer. Außerdem gibt es hier gar keine Seiten, es gibt eine Meinung, die zu respektieren ist. Aus. Vater ist tot, das Haus steht leer. Zumindest fast. Entweder finden wir eine Lösung für das Problem oder man verkauft. Was will man schon groß machen. Ich wohne weit weg, keine Ahnung, wo du gerade wohnst. Außerdem sollten wir wenigstens noch ein paar Wochen darüber nachdenken, bevor wir etwas entscheiden. Das ist gerade keine gute Zeit.«

Sein Blick verhieß nichts Gutes, er verließ stumm den Raum und mit dem Auto laut das Grundstück. Meine Mutter stimmte mir zu, legte mir die Hand auf die Schulter und trank weiter ihren Kaffee. Mir fiel dann noch etwas ein.

»Kann ich das Auto noch kurz ausleihen?«

Schnell schnappte ich einen leeren Karton aus dem Haus, machte mich auf den Weg zu Mikka. Es dauerte nicht lange, dann holte ich meine Mutter von Zuhause ab, damit ich zum Bahnhof kam. Am Bahnhof angekommen, ging ich zum Kofferraum und hole mein Gepäck heraus, den Karton ließ ich aber stehen und rief meine Mutter zum Kofferraum.

»Danke, Mama!« sage ich zu ihr und drückte ihr einen Kuss auf die Wange.

»Weißt du, ich werde noch etwas nachdenken über das alles. Es hat noch Zeit. Ich komme bald wieder und helfe dir mit dem Haus, aber alleine sein musst du auch nicht. Mikka hat ein Hobby gefunden, er kommt euch bald mal besuchen.«

Ich redete schnell und verschwand mit einem Grinsen und einem Winken, noch bevor meine Mutter verstand, wovon ich geredet hatte.

Mikka langweilte sich. Doch er hatte einen wunderschönen Hund – zumindest seine Mutter hatte ihn – und er nutzte die Chance, um daraus viele kleine wunderschöne Hunde zu machen. Öfters. Und so war im Karton im Kofferraum ein kleiner, braun-weißer, wuscheliger Welpe. Und man müsste ein Unmensch sein, wenn man sich nicht auf der Stelle in dieses Tier verliebt hätte.

Aus der Ferne sah ich, wie sie ihn hochhob, den Kleinen anlächelte und sich freute. Zufrieden setzte ich mich in den Zug, langsam kamen die Gedanken zurück, die ich in der Stadt gelassen hatte. Es war so anders am Land, so ruhig und es schien so unbeschwert. Doch diese Gefühle schwanden dahin.

Es kam mir vor, als wären wir eine Ewigkeit unterwegs gewesen. Es ist das Gefühl, wenn man von Zuhause auf dem Land, wieder in die Stadt kommt. Ein komisches Gefühl wie 'Hier passe ich doch gar nicht her', oder 'Was machst du eigentlich hier?'

Darauf konnte ich mir nicht immer eine Antwort geben. Ich wollte einige Male in den Zug steigen, zurück fahren. Aber wozu? Was tu' ich dort? Ob am Anfang oder am Ende der Zugreise, ich wusste oft nicht, was ich auf beiden Seiten zu tun hätte. Vor allem, wenn es um einen Job ging, stand meine Heimat in einem schlechten Licht. Es ist nicht so, dass es keine Arbeit gegeben hätte, doch die, die es gab, damit konnte ich nicht immer etwas anfangen. Ein Holzhacker kann kein Geigenbauer sein – nur weil das Grundmaterial dasselbe ist. So kam es mir zumindest vor.

Die Jobs am Land waren oft noch viel roher. Viel einfacher gestrickt. Viel ehrlicher. Doch das war bei genauer Betrachtung überhaupt nicht so. Wenn man in der Kriegsmaschinerie der Großkonzerne arbeitete, war man als Studierter bereits irgendwo im Management-Bereich, verdiente bereits mehr als die meisten auf dem Land. Doch man tat immer das gleiche. Immer den gleichen Dreck. Tag ein, Tag aus.

Und als Dankeschön wird man befördert, lernt neuen Dreck und macht den wiederum für weitere Jahre. Man lässt es sich klar gut gehen mit Autos, Frauen und Partys. Das braucht man auch, um nicht verrückt zu werden. Doch am Ende ruft man jemanden an, der einem ein Bild in der Wohnung aufhängt. Weil man es nicht kann. Kein Werkzeug, keine Lust, oder keine Zeit hat. Da ist es schon gut, dass diese Menschen so viel verdienen. Denn alleine überleben würden sie nicht mehr können.

Oft denke ich darüber nach, was ich mit Millionen machen würde. Heute bin ich soweit, dass ich mir vorstelle, was ich mit Millionen ändern könnte. Dann wiederum winke ich enttäuscht ab, da ein paar Millionen dafür nicht ausreichend wären. Es bräuchte einen Weg, das Geld wieder in die Masse zu bekommen. Woher sollen die Armen das Geld bekommen, wenn die Reichen es horten? Viel mehr als sie und zwei weitere Generationen brauchen können.
An dem Punkt strich ich über mein Gesicht, mein Kopf wollte schon wieder zu brummen beginnen, außerdem war meine Endstation gekommen.

Am Bahnsteig und am Bahnhof, querte ich die Wege Hunderter Menschen. Es war mir irgendwie egal. Jeder tat etwas, jeder ging irgendwohin. Doch es störte mich nicht. Warum sollte es mich auch stören, dachte ich noch. Es kann mir doch egal sein. Im nächsten Moment war da aber dieses Gefühl, dieser Gedanke. Die Leute wurden lauter und lauter als sie an mir vorüber gingen. Die Gesichter dabei immer größer. Ich schüttelte den Kopf – so als Vorsichtsmaßnahme – es half jedoch nicht. Das Gefühl, dass man mich ständig anstarrte wurde immer stärker. Doch genau konnte ich es gar nicht sagen.

Möglich wäre es, sicher war ich aber nicht. Warum sollten sie mich auch plötzlich so anstarren? Da! Der Herr mit dem Hut! Wer trägt den überhaupt noch Hut heutzutage, außer diese Mode-Mixer der neuen Generation. Achtzig Jahre Modegeschichte, zusammengestopft auf einem Körper. Man hat mir mal in über einer halben Stunde den Unterschied zwischen Stil und Trend erklärt. Es gibt so unglaublich viel Wichtigeres auf der Welt. Damals, als ich das gesagt bekommen habe, war es zum Beispiel wichtiger, besoffen zu werden. Doch das tut jetzt nichts zur Sache, ich atme durch und drängte mich nach draußen.

Es war Stress. Stress, plötzlich so viele auf einen Haufen zu sehen. Genau deshalb denke ich mir oft: Vielleicht ist man tatsächlich fürs Land geschaffen worden. Andere für die Stadt. Wenn man dann daran denkt, wie jemand am Land arbeiten muss – dann wird einem oft erst klar, was arbeiten bedeutet.

Klar, das trifft nicht auf jeden zu, doch es gibt genug, die aufstehen, in den Stall gehen und die Tiere füttern, danach in einen regulären Job arbeiten gehen – der meistens auch nicht gerade leichte körperliche Arbeit inkludiert – kommt dann abends wieder nach Hause, kümmert sich wieder um die Tiere, um dann schnell was zu essen, dann wiederum das Essen für die Tiere zu mähen. Oder es ist etwas zu reparieren, zu verbessern, zu bauen.

Das macht er, damit der Typ im Management eine Semmel mit Wurst und Käse kaufen kann. Günstig wenn möglich. Am selben Tag stirbt ein Holzfäller bei der Arbeit. Ein Typ am Computer plant etwas, das genau aus dem Holzstück gefertigt werden sollte, das den Holzfäller getötet hat. Der Typ wird das nie wissen. Auch die Person nicht, die das Holzstück als Möbelstück lange in der Wohnung haben wird.

Der Unterschied ist also einfach, dass Arbeit auf dem Land persönlicher ist. Man weiß, woher das Fleisch kommt. Man grüßt den Postmann und der Bäcker liefert einmal die Woche frisches Brot ans Haus. Apfelsaft kommt von dort, Milch von da. Wenn man etwas braucht, ruft man keine Firma an, sondern eine Person in der Firma, die man maximal über eine Ecke kennt.

Es ist ein überschaubares Leben. Langweilig – das mag oft sein. Doch was man mit Tieren verboten hat, ist in der Stadt, mit Menschen, noch erlaubt. Massenhaltung. Man zahlt sogar dafür – und das nicht gerade wenig. Doch diese Zeiten sind für mich sowieso vorbei, denke ich, als ich meine Wohnung wieder betrat.

Schon fast hätte ich vergessen, dass ich aus dem Haus raus muss. Ach, ich wollte Marie im Krankenhaus besuchen. Einen Job finden. Eine Wohnung finden. Da hatte ich ja noch viel zu tun.

Mit einer Sache konnte ich bereits beginnen, denn ich dachte mir: Was kannst du schon verlieren?

Also begab ich mich mit dem Gepäck im Anschlag, direkt in das kleine Kaffee neben der Brücke. Erster auf meiner Anrufliste war mein früherer Boss.

Es klingelte, wenn überhaupt, einmal, dann war er bereits am Telefon.

»Freut mich, dass sie anrufen!«

Kurz stockte ich.

»Woher wissen Sie, dass ich es bin?«

»Wer sollte es denn sonst sein? Sie sind doch immer Sie selbst.«

Eigenartig.

»Das schon, es wundert mich nur, woher sie meine Nummer haben.«

»Die hatte ich nicht. Jetzt habe ich sie. Also haben Sie sich das Angebot mit dem Job überlegt?«

Mein Kopf war sowieso bereits überfordert, da war sein Verhalten nicht gerade förderlich.

»Ah, ja. Das habe ich.«

»Und?«

Er ließ einen nicht einmal ausreden. Aufgeregt wie ein Schuljunge.

»Ich denke, es wäre einen Versuch wert.«

Doch hier wurde es kurz ruhig.

»Einen Versuch wert?«, fragte er nach.

»Ja.«

»Nicht gerade die Antwort, die ich erwartet habe.«

Scheinbar wollte er etwas mehr Euphorie in meinen Worten.

»Aber ich sage doch ja.«

»Das schon, aber verstehen Sie, es geht hier um sehr viel. Das ist kein Wochenendtrip in die Berge, den man absagt, wenn das Wetter schlecht wird. Das ist etwas für die nächsten Jahre. Etwas Wichtiges.«

Da hatte er vollkommen recht. Ich vergaß, dass für ihn mehr auf dem Spiel stand als für mich. Ich kann jederzeit ein- und aussteigen, doch er sucht jemanden, der bleibt und mitanpackt. Will ich das? Will ich es riskieren, wieder vor dem Nichts zu stehen, wenn es nicht klappt? Will ich mehr tun und arbeiten als die letzten Jahre, für ein größeres Ziel? Nie klang ein Jobangebot besser. Doch zuerst musste ich die Situation etwas entspannen.

»Hören Sie, so habe ich das nicht gemeint. Meine Stimmung ist etwas im Keller, doch ich wollte, dass Sie wissen, dass ich gerne mitmachen will. Natürlich müssten wir uns erst ausreden, was genau ich machen soll und ob ich das überhaupt kann und möchte – doch solange kein triftiger Grund dagegen steht, stehe ich hinter Ihnen.«

»Also sind Sie dabei?«

»Ich bin dabei.«

»Sie reden so leise...«

»Ich bin dabei«, sagte ich etwas kräftiger, doch auch das war nicht genug.

»Was? Was sind Sie?«

»Ich bin dabei!«

Ein Schrei wie aus dem Bilderbuch. Auf der anderen Straßenseite war jemand Bekanntes, der ihn mitbekommen hatte, sogleich die Straße überquerte und sich mit einem Grinsen mir gegenüber hinsetzte. Mag. Markus M. Menning – als ich an seinen Namen dachte, musste ich schmunzeln. Der alte Chef erzählte noch von seinem Zeitplan und dass noch einige Sachen zu klären wären.

»Ich suche außerdem einen Anwalt, der nichts mit der alten Firma zu tun hat und den keiner meiner Geschäftspartner kennt.«

»Dringend?«

»Naja, einigermaßen.«

»Einen Moment.«

Bevor Markus und ich auch nur ein Wort gewechselt hatten, reichte ich ihm das Telefon und er telefonierte einige Zeit mit dem alten Chef. Er stand auf und seine Hände rotierten immer wieder umher. Bis heute weiß ich nicht, worüber sie gesprochen haben.

Zumindest ließ es mir etwas Zeit, über das alles nachzudenken. Wie oft passiert es schon, dass einem so etwas angeboten wird? Ein großer Geschäftsmann will einen dabei haben – da kann viel für die Zukunft gebaut werden. Nicht nur ein Job, eine Karriere. Auch wenn das nach einer Reklame klingt. Vielleicht habe ich aber noch nicht genau verstanden, worum es hier ging. Zumindest wusste ich nicht einmal, was ich in der neuen Firma so Tolles zu tun haben werde.

Irgendwann, nachdem Markus sich während des Telefonats einen Kaffee bestellt hatte und sich wieder zu mir setzte, quatschten wir endlich miteinander. Kein Wort fiel, was den alten Chef anging, aber das war mir ganz recht so.

Bald kamen wir über meine geldlose Situation auf die Wohnung zu sprechen, immerhin war er Anwalt und würde sicherlich auch eine Meinung dazu haben.

»So etwas ist eine Frechheit, damit kommt man auch nicht wirklich durch«, bestätigte er.

»Nicht wirklich?« fragte ich.

»Naja, sind wir ehrlich: Unser Rechtssystem ist so unflexibel wie eine Leggings.«

Mein Blick war fragend, doch das hatte mehr mit dem eigenartigen Beispiel zu tun. Markus dachte jedoch, ich verstand nicht.

»Es ist furchtbar flexibel, wenn man weiß wo ansetzten. Da hab ich natürlich auch nicht genug Erfahrung, doch man kämpft hier nicht gegen Windmühlen, sondern gegen den Drachen. Der ist sauber geputzt im Anzug unterwegs, doch nur ein falsches Wort und er beißt dir den Kopf ab.«

Zugegeben, wusste ich doch nicht genau wovon er redete. Doch es brauchte nur eine kurzes Nachstochern.

»Die Masse. Wir reden von einer Masse – in dem Fall die Mitmieter deines Hauses. Es spielt keine Rolle, ob du Recht oder Unrecht hast – egal was du gemacht hast oder nicht – was die Masse sagt, ist die Wahrheit. So wie der Polizist, der gerade in den Medien ist.«

»Polizist?«

»Der hat so einen besoffen Typen auf der Straße niedergestreckt und wurde dabei gefilmt. Egal, was er behauptet, der wird in der Luft zerrissen. Hast du nicht davon gehört?«

Vielleicht wurde ich etwas verlegen.

»Es kommt mir bekannt vor.«

»Egal. Also die erste Frage: Möchtest du weiterhin dort wohnen?«

»Nein«, sagte ich ganz klar, »das tue ich mir nicht an.«

»Gut«, fuhr Markus fort, »dann lass uns eines versuchen, wovon ich schon mal gehört habe. Kann man dir etwas vorwerfen? Hast du etwas angestellt?«

Das war die eigentliche Frage.

»Naja, schon.«

Markus sah mich fragend an.

»Ich war in letzter Zeit öfter laut und ich… ich habe eine dumme Zeit hinter mir, okay? Außerdem habe ich sowieso nicht in das Haus gepasst.«

»Na gut, ist halt so. Und wann hat man dich erstmals gewarnt?«

»Einige Minuten bevor ich das Kündigungsschreiben erhalten habe.«

»Ja! Da ist doch ein Schlupfloch! Wie lange hast du Kündigungsfrist?«

Es waren drei Monate. Wir saßen noch etwas zusammen, bald redeten wir über andere Sachen. Doch er war überzeugt, er hatte bereits davon gehört, dass man – wie in meinem Fall – die drei Monate einverlangen könne. In welcher Form auch immer. Die Frage ist nur, ob die Vermieter sich wissentlich in einer Grauzone befanden und etwas tun wollten, was eigentlich nicht legal war. Und da würde man lieber etwas Geld zahlen, als tatsächlich angezeigt zu werden. Wer nicht fragt, bleibt dumm und hat weniger Geld. Auch wenn ich Zweifel hatte.

Doch das war nicht das einzige, um das ich mich kümmern wollte. Mein Kopf kreiste seit Stunden, ja Tagen um ein Thema.

Direkt nach dem Gespräch machte ich mich auf den Weg ins Krankenhaus. Dort suchte ich – mal bei Tageslicht – den Weg, den ich vor einigen Tagen in der Nacht genommen hatte. Bald stand ich vor ihrem Zimmer, doch Marie war nicht mehr hier. Eine Krankenschwester ging an mir vorbei, lächelte kurz und verschwand hinter der nächsten Ecke.

Irgendwo war hier der Raum der Oberschwester. Ich ging links den Gang entlang, immer weiter, bis ich beinahe einmal im Kreis gegangen war. Ich stand vor dem Raum, in den man durch eine große Glasscheibe einsehen konnte. Keiner war da, doch die Türe offen. Vorsichtig betrat ich den Raum, blickte um mich und fand eine weitere Türe nach hinten, die auch nicht geschlossen war. Durch diese hindurch, traf ich auf eine Schwester die am Fenster stand und rauchte. Sie starrte dabei ins Leere.

»Entschuldigung«, begann ich, sie erschrak und kehrte aus ihrem Tagtraum zurück.

»Meine Güte«, hauchte sie nervös, dabei brach etwas Asche von der Zigarette und landete am Boden.

»Schleichen Sie sich immer so an?«

»Ich bin einfach nie sonderlich laut.«
Schnell war die Zigarette aus, sie beugte sich hinunter, um die Asche am Boden zu entfernen.

»Was kann ich für Sie tun?«

»Eine Bekannte war hier. Marie. Den Nachnamen weiß ich nicht.«

»Ich erinnere mich«, sagte sie, stand wieder auf und warf die Asche aus dem Fenster.

»Was ist mit ihr?«

»Können Sie mir einen Nachnamen oder Kontakt geben?«

Sie musterte mich von oben bis unten. Es war klar, dass sie das nicht darf. Vielleicht sogar nicht einmal konnte. Doch es war mir zu wichtig.

»Das kann ich nicht.«

Sie trat an mir vorbei, setzt sich im Raum der Oberschwester auf den Drehsessel und begann am Computer zu klicken. Nach einem Moment sah sie mich wieder an.

»Kann ich sonst noch etwas für Sie tun?«

»Hören Sie, ich habe Marie aus dem Wasser geholt. Ich habe sie ins Krankenhaus gebracht. Es muss doch für mich möglich sein, sie zu erreichen.«

Der Blick der Krankenschwester veränderte sich etwas, vielleicht war sie an dem Abend ja da und erkannte mich wieder.

»Wir dürfen logischerweise keine Daten rausgeben. Das ist einfach nicht möglich und man riskiert seinen Job, wenn man das macht.«

Es war mir wiedermal ein Graus. Klar, es ist sicherlich gut, dass es so ist. Immerhin könnte ich sonst wer sein. Doch sollte es daran scheitern? Muss denn alles immer so korrekt sein, dass jegliche Chancen sowieso im Sand verlaufen?

»Sie wissen doch sicherlich, wie Sie selber heißen und wie Ihre Telefonnummer lautet. Nehmen Sie den Zettel und schreiben Sie beides auf. Womöglich kann man das weiterreichen und wenn Ihre Marie möchte, dann wird Sie sich schon bei Ihnen melden.«

Mein Lachen erstrahlte durch den Gang bis auf die Straße. Hurtig schrieb ich alles auf den Zettel, inklusive meiner Adresse, auch wenn mir nach der Hälfte einfiel, dass die bald nicht mehr stimmen würde. Ich gab den Zettel zurück, die Schwester hatte ein Lächeln aufgesetzt.

»Danke vielmals. Danke!« setzte ich nach.

Es war ein kleiner Funken, doch es war zumindest einer.

»Gerne. Ein wenig Romantik tut uns allen gut.«
Als ich weiterging, lächelte sie noch immer, in ihren Augen
war jedoch eine Menge mehr zu sehen. Jeder hat eben eine
Geschichte zu erzählen. Ich blieb nochmals stehen, drehte
mich um, weil ich etwas vergessen hatte.

»Wie geht es Ihr eigentlich?«
Sie blickte vom Schreibtisch hoch, suchte mich am Gang.

»Gut.«, meinte sie, »Nichts, das nicht bald wieder
heil sein wird. Sie hatte wirklich Glück.«
Ich nickte ihr zu. Es war nicht meine Art, doch da war eine
weitere Frage, die ich hatte.

»Wie geht es Ihnen?« fragte ich sie.
Überrascht sah sie mich an, ihre Augenbrauen zog sie nach
oben und ihre Augen wurden trauriger. Danach senkte sie
ihren Kopf, sie war regelrecht beschämt.

»Kann man das erkennen?« fragte sie leise.

»Nur wenn man genau hinsieht.«
Sie nickte einige Male hintereinander, strengte sich an, um
stark auszusehen.

»Es wird schon wieder. Meine Güte, als ob ich die
einzige mit Problemen wäre!«
Da stand ich nun und wusste nicht, was ich ihr sagen sollte.
Sollte ich überhaupt etwas sagen? Aber einfach nur dastehen
ist auch komisch. In Sekundenbruchteilen zermartere ich
mein Gehirn – was wäre gerade hilfreich? Eigentlich wollte
ich etwas Kurzes sagen, auf den Punkt gebracht. Doch das
habe ich nicht geschafft.

»Wissen Sie«, fing ich an, »das Leben ist
unromantisch. Egal wie lange man wartet, es wird nichts
Tolles passieren, außer man sorgt dafür, dass zumindest die
Möglichkeit dafür besteht. Aber das bedeutet tun. Man darf
die Zeit der Trauer nicht als gegeben hinnehmen. Als das
große, schreckliche Etwas. Zu oft versinkt man darin und

kommt dann nicht mehr raus. Man muss diese Zeit nutzen als das, was sie ist. Eine Zeit der Pause, der Erholung von dem, was war. Irgendwann hat man den Punkt aber überschritten. Jeden Tag, den man dann noch wartet, verschwendet man und sinkt weiter hinab in das Trauertal. Tun bedeutet aufstehen. Tun bedeutet zu lachen und weiterzumachen. Das Loch im Herzen, das von jemanden gebohrt wurde, lässt sich nur von etwas Gleichem stopfen. Man kann ein Herz auch reparieren, doch es wird dadurch nur kleiner und kälter. Und es kann nicht der richtige Weg sein, wenn es ein Stück Menschlichkeit kostet.«

Wir sahen uns noch einen Moment an und ich verschwand hinter der Ecke. Danach konnte ich nur spekulieren, was in ihr gerade vorging. Wurde sie verlassen? Ist jemand gestorben? Geht ihr Leben gerade den Bach runter? Egal was es war, vielleicht konnten meine Worte etwas verändern.

Wiederum schwankten meine Gedanken zurück auf Marie. Es war nicht das erste Mal, dass eine Frau meine Nummer erhalten hatte. Auch wenn es anders war, es erinnerte mich einfach an die vielen Male, wo man mich nicht angerufen hat und ich war ängstlich, auch Marie würde sich nicht melden. Die vielen anderen Male waren mir egal im Angesicht dessen, was mit Marie und mir passiert war. Da war so viel mehr und doch so wenig. Einmal möchte ich sie zumindest noch sehen, danach kann ich zufrieden sterben. Das Telefon unterbrach mich. Es war Erich, der aufgeregt ins Telefon brüllte.

»Hey! Was machst du?«

Irgendwie war es sehr laut im Hintergrund, ich konnte ihn gerade noch verstehen.

»Nicht viel, ich gehe gerade nach Hause.«

»Wir brauchen einen Mann. Hast du Zeit?«

Ruckzuck war ich mit Erich in einem alten Lieferwagen. Wir fuhren raus in die alte Fabrik, dort wo Nik und einige weitere Helfer bereits am Arbeiten waren. Es war ein Auftrag hereingeflattert, den Nik damals klar gemacht hatte, als wir das Gemüse in der Fußgängerzone verteilten.

»Wir sind fast ausverkauft«, sagte Erich, »Eine Cateringfirma nimmt uns alles ab. Heute und morgen sind Veranstaltungen und wir müssen reinhauen, damit das klappt.«
Nach dem Aussteigen öffnete Erich den Lieferwagen am Heck, sofort begannen sie kistenweise Gemüse hineinzustapeln.

Wie die anderen verschwand auch ich bald im Grün der Tomaten und Paprikablätter. Trotz der Hektik war es Nik wichtig, dass kein Gemüse beschädigt wurde. Jeder pflückte, legte alles sorgfältig in die Kisten. Die Kisten wurden zum Lieferwagen gebracht und als dieser voll war, machte sich Erich schon auf den Weg. Auch ganz vorsichtig.

Ich war bereits seit einigen Stunden hier, doch erst jetzt war mir aufgefallen, was diesen Ort – der aus Pflanzen, Plastikrohren und Metall bestand – so besonders machte. Wenn man mitten zwischen den Stauden stand, war kaum ein Lärm von Außen wahrnehmbar. Keiner redete, jeder war konzentriert und das lauteste Geräusch war das Knacken, wenn man das Gemüse vom Stiel zog. Hintergrundgeräusch war ein beruhigendes Wasserplätschern – jedes Rohr war durchspült und das Wasser zog vor sich hin und drehte seine Runden durch die Pumpen.

Es plätscherte überall – so, dass aus all dem leisen Plätschern eine Orchestermelodie entstand aus den verschiedensten

Tönen. Und zwischen drinnen war ich, lauschte dem Orchester auf meditative Weise und pflückte. Und pflückte.

Einerseits war ständig ein Gedanke in meinem Kopf, doch andererseits war mein Kopf irgendwie leer. So entspannt war ich lange nicht. Als ob man in einem Wald an einem Bach sitzt. Es war einfach schön.

Als Erich wieder kam, brachte er Brot und etwas zu trinken mit. Also saßen wir da, aßen Tomatenbrote und einer der Helfer – der scheinbar keinen Hunger hatte – erzählte eine Geschichte, wie wenn man um ein Lagerfeuer sitzen würde. Sein Gesicht war gezeichnet vom Alter und Erlebnissen, seine Geschichte erzählte er langsam und oft kaute er an einem Stück Holz zwischen den Sätzen.

»Es war Winter. Es war, glaube ich, immer Winter dort. Zumindest kam es mir so vor.«
Er nahm das Stückchen Holz aus seinem Mund, alle starrten ihn an und warteten.

»Meine Frau – also damalige Frau – schickte mich raus, um Holz zu holen. Es war schon düster und so kalt, dass ich im dicken Pullover nach wenigen Sekunden schon gefroren habe. Als Spaß haben wir oft heißes Wasser in den Schnee geworfen. War gefroren, noch bevor es den Boden berührte und es dampfte wild. Also gehe ich hinter das Haus, dort war das Holz aufgestapelt. Ich nehme ein paar Scheite und will wieder gehen, da entdecke ich neben dem Holz etwas. Ich dachte es wäre eine alte Decke, die über das Holz geschlagen war, doch es war ein ausgewachsener Braunbär. Ein Männchen. Danach entdeckte ich eine Blutspur vom Bären weg, hinüber zum Gehege. Im Gehege lag unser Pferd. Zumindest das, was davon übrig war. Der Bär hatte einen Teil vom Pferd dabei, aber scheinbar gerade zu essen aufgehört als ich vorbeikam. Überall war Blut. Ums Maul, auf dem Bauch, auf seinen riesigen Pranken. Da waren wir nun. Ich sehe ihn an, er sieht mich an. Einen ganzen, langen Moment.«

Im Publikum hörte man mittlerweile auch auf zu essen, jeder wartete darauf, wie es weitergehen würde.

»Soll ich weglaufen? Soll ich das Holz nach ihm werfen und ins Haus? Was, wenn er mir nachläuft? Ich hatte keine Ahnung, was ich tun sollte. Der Bär setzte sich auf und drehte sich dann auf alle viere. Jetzt war es auch zwecklos wegzulaufen. Er würde mich immer einholen. Doch dieser verdammte Bär richtet sich noch weiter auf, streckt sich hoch auf zwei Beine, bis er mir gerade in die Augen sehen konnte und dann noch etwas höher, als wollte er sagen: Ich bin größer als du. Gerade in dem Moment, als ich mich auf einen baldigen Tod vorbereitete, ließ er sich wieder nieder, packte das Fleisch vom Boden und ging davon. Einfach so. Starr vor Schreck sah ich ihm noch eine Weile nach, drehte mich dann um und ging zurück ins Haus. Ich warf das Holz in den Ofen und als ich meine Frau vor mir sah, küsste ich sie, wie seit Jahren nicht mehr.«

Er war sich nicht ganz sicher, aber er meinte auch, dass es die Nacht war, in der sie ihre Tochter gezeugt hatten. Was so ein Bär auslösen kann. Doch weil der Bär das Pferd gefressen hatte, musste der Mann auch noch eine Zeit lang im Wald arbeiten, was eine hässliche Wunde am Kopf einbrachte und eine Chance kostete, die er nicht näher beschreiben wollte. Nur sein Blick wurde gläsern und starr.

»Doch ich danke dem Bären hin und wieder«, meinte er noch, »Weil ohne ihn hätte ich vielleicht keine Tochter. Und sie ist das bei weitem Beste, was ich in meinem Leben hinbekommen habe.«

Als Erich mit der zweiten Partie im Bus wegfahren wollte, winkte er mich zu sich.

»Kommst du mit?«

Ich wusste sowieso nicht, wohin es ging, also stieg ich ein in dem Glauben, dass Erich wusste, was zu tun war. Auch in der alten Fabrik ging es nun ruhiger zu, denn der heutige Tag war geschafft und man konnte sich für die Lieferung morgen etwas Zeit lassen.

Wir fuhren ans andere Ende der Stadt, Erich nahm nicht den direkten Weg, denn das wäre ihm zu hektisch mit all dem Verkehr und so.

»Du weißt eh. All der Verkehr und so. Lieber fahre ich die Schleichwege rundherum. Man braucht eine Weile bis man die alle auswendig kennt, doch wenn man sie kennt, steht man kaum mehr im Stau.«
Weise Worte von einem Mann, den ich einmal dabei beobachtet habe, wie er Erbrochenes von sich selbst aus einer Bierflasche getrunken hat. Aber ja, Menschen ändern sich.

»Wem gehört eigentlich der Bus?«, fragte ich.

»Nik. Oder eigentlich dem Exfreund seiner Mutter, oder so.«

»Glaubst du, ich kann den ausleihen, wenn ich umziehen muss?«

»Du musst umziehen?«

»Achso, ja.«
Ich erklärte schnell meine Situation und Erich meinte, es würde wohl kein großes Problem sein, aber man müsse Nik erst fragen.

Wir trafen bald am anderen Ende der Stadt ein, wo bereits Leute auf uns warteten. Nachdem wir einige Kisten ausgeladen hatten, entdeckte ich ein bekanntes Gesicht in der Menge. Zwar starrten mich die Augen schon eine Zeit lang aus einer dunklen Nische an, doch ich wusste nicht sofort, wer es war. Zigarettenrauch zog um das Gesicht und man erkannte die wuscheligen Haare – ganz so wie das letzte Mal, als wir uns gesehen hatten. Da fiel mir auch wieder ein, wer diese Person war.

Nach einem Moment hob ich kurz die Hand zur
Begrüßung, ich bekam ein langes Nicken zurück.
Genau kann ich es nicht mehr sagen, doch ich denke, es
waren um die sechs Monate. Wir lernten uns bei einem
Sommerjob kennen und aus welchem Grund auch immer
waren wir bald gut befreundet.

Von außen schwer nachvollziehbar warum wir Freunde
wurden, da wir einfach sehr verschieden waren. Dafür war
das Ende unserer Freundschaft auch keine große
Überraschung. Wenn man ihn so dastehen sah – auch nach
all den Jahren – kann man nach wie vor erkennen, was für
ein Mensch er war. Sein Blick immer etwas gehoben,
meistens alleine, rauchend. Selbstvertrauen hatte er immer
schon genug, sogar so viel, dass er sich nichts daraus machte,
ob man ihn mochte, oder nicht. Zumindest behauptete er
das. Gleichzeitig war er aber auch nicht gerne alleine. Seine
pulsierende Art zog sowieso viele Menschen an, denn er tat
was er eben tat und viele folgten ihm. Ob ins Kino, oder in
eine Bar, die gerade seinen Geisteszustand widerspiegelte.

Er war ein interessanter Mensch, doch nach sechs Monaten
voll Dramen, egozentrischer Selbstdarstellung und der
ständigen Beweisführung, dass er besser sei als alle anderen,
hatte ich die Schnauze voll. Zwar brachte ich es nicht
zustande, einfach einen Schlussstrich zu ziehen, doch jeden
Tag einen Schritt nach hinten zu gehen bis ich aus dem
Blickfeld verschwunden war, war leicht machbar. Danach
habe ich ihn nie mehr wiedergesehen, nur ein paar
Geschichten waren bis zu mir durchgedrungen.

Ich hatte noch miterlebt, wie er sein Geld aus dem Fenster
geworfen und sich mit allen möglichen Leuten betrunken

hat, bis er wieder wochenlang pleite war. Doch das reichte nicht. Er hatte da diese Idee. Eine Geschäftsidee. Eine große Geschäftsidee. Ringsumher stempelte man ihn ab als der, der zu wenig Erfahrung hat und schickte ihn weiter. Abgesehen davon waren seine Ideen nur halb durchdacht, er kam zu spät zu seinen eigenen Präsentationen und schlampig war er sowieso. Auch wenn die Grundideen nicht schlecht waren.

Schuld an dem ganzen war aber bei Gott nicht er, nein. Jeder andere. Immerhin verlangte er beinahe, dass man gefälligst eine halbe Stunde auf ihn zu warten hat, wenn er mal wieder zu spät kam. Manche taten das auch, die meisten aber nicht. Und sobald man darüber nachdachte, ob man ihm tatsächlich Geld geben würde, war der Gedanke auch schon wieder verflogen. Ideen sind schön und gut, doch in der Privatwirtschaft geht es ganz anders her und überraschenderweise sind Millionäre offenbar nicht gerade sehr mutig.

Was aber noch nicht alles war. Immerhin schaffte er es noch, in seinem Wahn zwei große Sachen zu bewältigen. Erstens hat er privat Geld aufgestellt. Ich kann nicht sagen wie viel, doch es dürfte eine hohe fünfstellige Zahl gewesen sein. Zweitens empfand er bald all seine Freunde und Mitstreiter als überflüssig. Er suchte sich neue Leute, die er eine Zeit lang um sich versammelte, um sich dann wieder von ihnen zu trennen. So konnte er die allgemeine Bewunderung für sich hochhalten.

Doch am Ende war niemand außer ihm da, der bereit war, den ganzen Weg zu gehen. Kurz soll er versucht haben, die alten Kontakte wiederzubeleben, doch man hatte Besseres zu tun und wollte auch mit ihm nichts mehr zu tun haben.

Gepaart mit einem Haufen Geld, das in den Sand gesetzt wurde, stand er also vor dem Nichts. Nicht etwas Nützliches hatte sein Experiment hervorgebracht. Schadenfreude war es nicht, denn ich mochte ihn einmal und warum sollte man ihm wünschen, zu versagen.

Mitleid war es auch nicht, denn er stand noch immer gerade da, ein freches Lächeln im Gesicht, gerade so als ob alles wunderbar funktionierte. Doch der Respekt war weg. Fachlich, sei dahingestellt. Vor allem aber menschlich. Und Respekt, den ein Mensch verliert, den bekommt er nicht so einfach wieder zurück. Das ist harte Arbeit und die tut sich sowieso keiner an.

Nun trafen wir uns nach all den Jahren wieder am Hintereingang einer Cateringküche. Wir gaben uns die Hände, fragten wie es geht. Ich brachte Tomaten und er nahm sie an. Wir beide hatten es nicht gerade weit gebracht, dachte ich in dem Moment. Ich wollte mich nicht groß mit ihm vergleichen, doch es war ein gutes Gefühl anzunehmen, dass ich mich über die Jahre doch etwas verändert habe.

Er wirkte noch immer gleich wie damals, unerschütterlich und selbstsicher. Der Blick von oben herab. Die Zigarette zerdrückte er mit seinen Lederschuhen aus dem vorigen Jahrhundert. So jemanden bezeichnet man gerne als einen 'Charakter'. Das war er auch. Ein Charakter. Nicht jeder kann mit ihm umgehen, noch weniger will er jeden um sich haben.

»Man sieht sich«, murmelte er, als die Türe hinter sich zuknallte. Einen Moment stand ich noch da bis Erich mich zum Lieferwagen rief. Schmunzelnd kehrte ich der Begegnung meinen Rücken zu und ging davon.

Da der Verkehr sich beruhigt hatte, waren wir bald vor meiner Haustüre und es war Glück im Unglück, dass die Hausmeisterin gerade ihre letzte Runde drehte. Als sie mich sah, kam sie schnurstracks zu mir.

»Abend! Ihre Sachen wurden aus der Wohnung entfernt. Die Möbel stehen im Keller unter Verschluss, bis das mit der Miete geklärt ist.«
Irritiert blickte ich zurück zu Erich, der zum Glück noch nicht abgefahren war.

»Und wo sind meine Sachen? Auch im Keller?«
Sie zeigt mit dem Kinn zum Wohnhaus.

»Nein, gleich da hinten in der Lobby.«
Erich hatte ich gebeten noch mitzukommen, tatsächlich fanden wir einfach alles in diesen großen blauen Säcken vor, die man vom Einkaufen kennt. All meine Sachen. Ich dachte nicht, dass sie damit gut umgegangen waren, doch immerhin konnten wir alles gerade raus in den Lieferwagen tragen.

Danach sagte Erich noch schnell Nik bescheid, der den Lieferwagen auch erst morgen mittags zurück haben wollte. In Niks Firma war auch genug Platz, um meine Sachen zwischenzeitlich zu lagern. Ich brachte Erich zur nächsten U-Bahn-Station und parkte für die Nacht nicht weit entfernt von meiner früheren Wohnung. Ich war müde und wollte eigentlich nur noch schlafen. Nach einigen Versuchen eine bequeme Position zu finden, nickte ich endlich ein.

Ich sah mich in einer Bar, stellte gerade eine Flasche Bier auf den Tresen zurück. Die Flasche wirkte unnatürlich groß, es war beinahe so, als ob ich meinen Kopf in die Öffnung stecken würde, um zu trinken. Im Hintergrund war ein Fernseher zu hören, außerdem ein stetiges Ticken, wie von einer wirklich großen Uhr. Doch ich war alleine. Kein Mensch war zu sehen, nicht mal der Barkeeper.

Nachdem ich alles abgesucht hatte, nahm ich wieder einen Schluck aus der monströsen Bierflasche. Als ich meinen Kopf in der Flasche hatte, wurde das Ticken lauter. Schnell trank ich noch mehr Bier weg, um zu sehen, woher das Ticken nun kam. Plötzlich waren Lichter zu sehen. Langsam stellte ich die Flasche wieder hin, es waren rote Punkte an der Wand, sie schienen näher zu kommen. Wieder sah ich mich um – links, rechts – langsam wurde mir auch klar, dass es sich hier nicht um Lichter, sondern um Augen handelte, die mich anstarrten.

Aber nicht nur ein Paar – Dutzende! Aus den dunklen Ecken der Bar kamen sie immer näher, die Gesichter dahinter waren dunkel und sahen böse und starr aus. Ohne sichtbare Bewegung kamen sie immer näher. Auch der Barkeeper stand nun schon fast neben mir, ich erschrak und sah auf seine Hände, dort hielt er ein Tuch und ein Glas, das er gerade polierte, doch es stand wie auf einem Foto still.

Sie kamen näher und näher – langsam wurde ich richtig nervös und Panik machte sich in meiner Brust breit. Ich atmete immer lauter, sah mich immer schneller um und dieses tickende Geräusch schien auch lauter zu werden. Da erinnerte ich mich wieder an die Flasche – schnell hob ich sie hoch, trank noch einen Schluck und schon im nächsten

Moment sog es mich hinein. Es wurde nass und als ich nach oben sah, standen die Leute mit den leuchtend roten Augen an der Flasche und sahen auf mich herab. Schon im nächsten Moment tauchte ich ein – aber es war keine Flüssigkeit, es fühlte sich anders an und ich konnte weiter atmen. Die Schwerkraft war halbiert, ich konnte ohne große Anstrengung Meter weit springen.

Es sah aus wie eine Wiese, als ich über einen kleinen Hügel sprang, war ich plötzlich in einem Raum, in dem Hunderte Zettel an der Wand hingen. Ich konnte keinen dieser Zettel lesen. Sobald ich näher kam, verschwand die Schrift, doch es war als ob in jedem Zettel ein Gefühl vorhanden wäre. Wie Gedanken, die hinter jedem Zettel steckten. Fokussieren konnte ich aber keinen davon. Da war auch wieder dieses tickende Geräusch. Nur jetzt sehr laut und es wurde noch lauter. Nach einigen Momenten krachte die Mauer neben mir halb zusammen, irgendetwas war darauf gefallen.

Aus dem Schutt hob sich dieses Etwas auch wieder nach oben weg – es war ein riesiger Letter einer Schreibmaschine! Er schnellte zurück und schon kam der nächste Buchstabe daher und zerstörte einen weiteren Teil der Mauer. Es war wie eine alte Schreibmaschine, nur tausendmal größer. Als ich fliehen wollte bemerkte ich, dass nicht die Schreibmaschine so groß war, sondern ich so klein!

Diese verdammte Bierflasche hatte mich auf Fliegengröße geschrumpft und nun stehe ich in einer Schreibmaschine und warte, bis mich ein Buchstabe, eine Zahl, oder ein beliebiges Sonderzeichen zerschmettert. Und beinahe wäre es soweit gewesen. Bam! Bam! Immer wieder knallten die Buchstaben an mir vorbei, trafen den Boden unter mir und formten ein Wort, dass ich wiederum nicht erkennen konnte. Ein 'M' war dort, da war ich mir fast sicher. Jedes mal, wenn die Buchstaben an mir vorbei kamen, wurde es kurz dunkel. Immer und immer wieder, doch es wurde auch immer blauer. Und heller. Es blinkt regelrecht, rotiert.

Als ich aufwachte, kam ein Polizeiauto gerade an mir vorbei, das Blaulicht eingeschaltet, aber kein Folgeton. Das war also das Blinken in meinem Traum. Lange hatte ich sicherlich nicht geschlafen, doch ich war von meinem Traum etwas erschrocken, weshalb ich entschied, spazieren zu gehen um den Kopf frei zu bekommen.

Bei diesen wirren Träumen der letzten Zeit fragt man sich schon, was der Kopf einem damit sagen möchte. Aber scheinbar hatte er genug zu tun, weshalb er das auch irgendwie verarbeiten musste. Meine Mutter fiel mir dabei ein, ich war nicht sicher, aber es kam mir vor, als hätte ich etwas vergessen. Es schwirrte mir sowieso schon länger im Kopf herum, ob die Gemüsezucht von Nik nicht auch weiter draußen stattfinden könnte. Dann wäre das Platzproblem meiner Mutter auch erledigt und sie hätte etwas zu tun.

Als ich so dachte und die Gassen entlang ging, traf ich wieder auf das Blaulicht der Einsatzkräfte. Sie standen etwas entfernt auf der anderen Seite des Flusses. Auch auf der Brücke stand ein Polizeiwagen. Neugierig ging ich hoch, doch anstatt zu starren, fragte ich einen Polizisten, der gerade nicht viel zu tun hatte.

»Ein junger Mann ist gesprungen«, meinte er ohne Umschweife.

Schlimm, dachte ich noch, bevor mir ein schrecklicher Gedanke kam.

»Wissen Sie, wie er heißt?«, fragte ich den Polizisten hektisch.

»Nein, noch nicht identifiziert und das dürfte ich Ihnen auch gar nicht sagen. Sind sie von der Presse?«
Ohne ein weiteres Wort ging ich von dem Polizisten weg, ich wurde weiß im Gesicht und der Polizist sagte noch etwas, doch ich ging schnellen Schrittes davon. Ich habe etwas vergessen. Etwas, dass ich nicht vergessen hätte sollen! Jemanden!

An der Haustüre von Michael angekommen suchte ich nach dem Namen, doch ich hatte keine Ahnung, wie er mit Nachnamen hieß. Was mich auch nicht weiter gebracht hätte, denn da waren nur Nummern an den Türklingeln. Als ich einige Schritte zurück ging, bemerkte ich Licht im Hochparterre. Auf gut Glück klingelte ich bei 1 bis 3 gleichzeitig. Nach einigen langen Sekunden, meldete sich eine genervte Stimme.

»Was ist denn um die Zeit...«

»Bitte lassen sie mich rein, ich muss zum Michael!«
Einen Moment war es still.

»Welcher Michael denn?«

»Ruhiger Typ, dritter Stock.«

»Ach der. Und wieso? Ich lasse nicht jeden einfach so ins Haus hinein.«
Aber scheinbar andere Menschen schon. Denn im nächsten Moment öffnete wohl einer der anderen, bei dem ich geklingelt hatte die Eingangstüre und ich hechtete hoch in den dritten Stock. Es sah ruhig aus, langsam ging ich die letzten Meter bis an die Wohnungstüre von Michael. Was wenn er da wäre und mich fragte, ob ich blöd sei, weil ich

mitten in der Nacht hier auftauchte? Was aber, wenn er nicht da ist?

Meine Gedanken überschlugen sich förmlich, bis ich die Klingel einige Male drückte. Ich schluckte nervös und trat einige Schritte zurück, wartete im Halbdunklen, was passieren würde. Nach einem weiteren Moment ging ich nochmals zur Türe und drückte die Klingel ein weiteres Mal durch. Wieder ging ich in Position und wartete darauf, dass die Türe endlich aufgehen würde.

Nachdem sich etwas Später noch immer nichts getan hatte, dachte ich über meine weiteren Optionen nach. Eine davon war, gegen die Türe zu hämmern.

»Michael!«, schrie ich dann noch zusätzlich, doch nach wie vor kam kein Geräusch, kein Wort und kein Michael aus der Wohnung.

Nachdem ich bereits wieder ruhiger wurde, schnappte die Türe gegenüber auf und eine giftige Stimme zischte mir entgegen.

»Was um alles in der Welt geht denn hier vor? Wollen Sie das Haus aufwecken?«

Ich drehte mich um und sah eine ältere Frau durch die nur etwas geöffnete Türe blicken. Als ich sie anblickte, drückte sie die Türe gleich wieder weiter zu.

»Es tut mir leid, aber ich muss wissen, wo Michael ist. Kennen Sie ihn?«

Als ob es ihr plötzlich leichter fallen würde, mir zu vertrauen, öffnete sie die Türe einen großen Spalt und sah mich fragend an.

»Naja, nicht wirklich gut. Ruhiger Typ. Was ist mit ihm?«

Ob ich ihr wirklich erzählen sollte, was ich glaubte zu wissen? Das wäre etwas weit hergeholt gewesen.

»Ich habe Angst, er hat sich vielleicht etwas angetan.«

Der Blick der Frau versteinerte sich.

»Was, angetan? In der Wohnung?«

Warum müssen Menschen in den unmöglichsten Situationen noch unmöglichere Fragen stellen?

»Was spielt das denn für eine Rolle…«

Noch bevor ich meine Gedanken so teilen konnte, dass man sie verstehen würde, hörte man ein sanftes Stapfen die Treppe hoch. Ein Mann mittleren Alters im Morgenmantel blickte mich und die Frau in der Türe an. Er trug eine große Brille mit breitem Rand – so, wie es gerade wieder modern war, mit dem Unterschied, dass seine tatsächlich so alt war, wie sie aussah. Dazu kam etwas schütteres Haar, das an der hinteren Seite etwas hoch stand. Er war wohl schon im Bett gewesen.

»Muss ich erst fragen, was los ist?«

Umgangsformen sucht man nachts oft vergeblich. Die Frau in der Türe zeigt auf mich.

»Der Herr sucht den jungen Mann von Türe 7. Vielleicht hat er sich etwas angetan.«

Der Mann im Morgenmantel ist etwas irritiert, der Schlaf war ihm noch ins Gesicht geschrieben.

»Was soll das heißen?«

»Das ist eine lange Geschichte«, begann ich zu erklären, aber eigentlich hatte ich keine Lust das jetzt alles aufzurollen und dann darauf zu hoffen, dass man es auch versteht.

»Wir haben zusammen gearbeitet. Es ging ihm nicht so gut, draußen steht die Polizei an der Brücke und nun habe ich die Befürchtung, dass er in den Fluss gesprungen ist.«

»Welcher Fluss denn?« setzte die Frau nach. »Da knallt man auf den bloßen Beton.«

Der Mann im Morgenmantel und ich starrten gleichzeitig überrascht auf die Frau. Es wirkte als wäre sie es gewohnt, solche Sachen zu sagen.

»Danke für diese hilfreiche Information«, gab ich zurück. Der Morgenmantel-Mann stapfte hoch zur Türe von Michael, versuchte sie zu öffnen.

»Haben Sie schon alles versucht?« fragte er noch und klingelte nochmals.

»Klingeln und klopfen. Es war aber nichts zu hören.«

»Kann es nicht sein, dass er woanders schläft? Freunde? Freundin?«

Das wusste ich natürlich nicht, doch es war nicht auszuschließen.

»Das kann sein«, sagte ich, danach wurde es für einen Moment ruhig.

»Für den Augenblick können wir nichts machen. Gehen Sie nach Hause, morgen wird sich die Sache sicherlich aufklären.«

Wie er das so sagte, bekam ich wieder einiges an Zuversicht zurück. Vielleicht war wirklich nichts. Vielleicht hatte ich übertrieben und Michael war bei einem Freund, in einer Bar oder im Urlaub. Morgen, ja morgen würde sich das aufklären.

»Ja, gut«, sagte ich und bewegte mich zögerlich zur Treppe.

Schlafen würde ich sowieso nicht können. Da das einzige Licht im Treppenhaus von den Notausgangsschildern kam, sowie aus der Wohnung der Frau, tippte der Mann im Morgenmantel auf den Schalter für das Licht und mit einem Mal war alles hell erleuchtet. Die Treppe sah plötzlich einladend aus, fast schon weiß und sogar sie strahlte etwas Zuversicht aus. Nach der ersten Stufe verpasste ich jedoch den Gesichtsausdruck der Frau, die starr auf die Türe von Michael blickte. Als ich schon fast ein halbes Stockwerk geschafft hatte, murmelte sie plötzlich etwas.

»Der Schlüssel...«, kam aus ihrem Mund.
Ich blieb stehen, auch der Mann sah sie fragend an. Nachdem ich ihrem Blick folgte, kam ich wieder auf die Türe von Michael zu. Im Dunklen war uns nämlich eines entgangen: der Schlüssel. Er steckte.

Mein Herz schien stehen zu bleiben. Es gab einen Stich nach dem anderen im Brustkorb. Schwer atmete ich durch, sah nochmals zurück in die bleichen Gesichter der beiden anderen. Dann trat ich an die Türe, umfasste den Schlüssel und schon nach einer halben Umdrehung klickte es und die Türe öffnete sich. Wie von Geisterhand ging sie immer weiter auf, die Wohnung war dunkel und ich stand im Türrahmen, nervös über den Gedanken, was wir finden würden.

Meine Hand tappte im Dunklen die Wand ab bis ich endlich den Lichtschalter fand. Sofort war der Raum auch hell, der Vorraum ging direkt in das Wohnzimmer über und mein Blick blieb am Esstisch hängen, der mitten im Raum stand. Mit keiner guten Vorahnung betrat ich also die Wohnung, ging vor, bis ich vor dem Esstisch stand.

Wieder gab es mir einen Stich in der Brust, meine Augen wurden wässrig. Vor mir am Tisch, lagen schön angeordnet einige Sachen. Ein Handy, eine Brieftasche, der Reisepass und der restliche Schlüsselbund. Daneben war wiederum ein kleiner Stapel Papier – allerhand Dokumente, soweit ich das sagen konnte. Ich konnte mir zusammenreimen, was das alles zu bedeuten hatte. Nun kamen auch die Nachbarin und der Mann im Morgenmantel in den Raum, sahen sich um.

Keiner sagte ein Wort, man wagte nicht einmal mehr, laut zu atmen oder ein anderes Geräusch zu machen. Die Türe zum Schlafzimmer war offen, darin war ein Bett ohne Überzug, darauf stand eine große Tasche, die offenbar vollgestopft war. Dahinter lagen noch Anzüge am Bett, noch auf den Kleiderhaken. In der Küche war alles sauber, sogar der Kühlschrank war abgeschaltet und einen Spalt offen. Es war keine spontane Entscheidung gewesen.

Die Wohnung war darauf vorbereitet worden, so wahrscheinlich auch Michael. Nachdem ich meine Augen wieder auf den Esstisch bewege, fiel mir noch ein Zettel auf, der quer hinter den angeordneten Sachen, etwas unter der Tischdecke lag. Ich fasste hin.
»Nein!«, wollte mich der Mann im Morgenmantel unterbrechen, »Fassen Sie nichts an!«
Doch ich hatte den Zettel bereits in der Hand, er war leer. Als ich ihn drehte, entdeckte ich zuerst Michaels Namen, mit der Hand geschrieben. Darüber war ein Absatz, den ich nicht wieder vergessen sollte. Auch er war mit der Hand geschrieben, schlampig und schnell.

So wagt es nicht, um mich zu trauern,
denn es ist nicht euer Verlust.

Es dauerte nicht lange, da war bereits die Polizei in der Wohnung. Die ersten Polizisten kamen um unseren Anruf zu kontrollieren, danach tauchten auch bald weitere Männer in Anzügen auf sowie weitere, die alles fotografierten.

Man fragte uns aus, doch mehr als die Frage, warum ich diese Ahnung hatte, blieb nicht übrig. Man wollte auf mich zurückkommen. Überhaupt kamen mir einige Gesichter bekannt vor, wohl von damals, als ich im Revier gesessen war. Eine Zeit starrte ich noch aus dem Fenster. Man konnte direkt auf die Brücke sehen, immer und immer wieder wurde sie durch die Blaulichter der Einsatzwagen erhellt.

Diese Brücke, die so unscheinbar und oft wunderschön aussieht. Diese Brücke, die eigentlich Gutes tut, indem sie uns über das Wasser hinweg hilft. Sie ist etwas Statisches, etwas Totes. Sie hat keine eigenen Gedanken oder Absichten. Und dennoch meint man zwischendurch, sie wäre böse oder mitschuld an dem, was geschieht. Der Brücke ist es gleich, was du mit ihr machst. Selbst im Krieg war es ihr wohl egal, ob Freund oder Feind sie betrat.

Trotz alldem hasste ich diese Brücke an dem Tag. Ich musste sie hassen. Auch wenn es mir klar war, dass sie nichts damit zu tun hatte. Immerhin war ich derjenige, der vergessen hatte. Einen Menschen. Auch wenn ich ihn nicht so gut kannte, wie es mir in dem Moment lieb gewesen wäre, fühlte ich mich mitschuldig. Fünfundzwanzig, das war kein Alter.

Er war nicht dumm, er war nicht hässlich. Schüchtern vielleicht, doch war das Grund genug, um von der Gesellschaft so lange ignoriert zu werden, bis man nur mehr einen Fluchtweg sieht? Die großen Mühlen der Welt können einzelne Körnchen wahrlich ignorieren, die aus den Mühlsteinen springen. Das merkt niemand. Das interessiert niemanden. Als Abschied gibt es wahrscheinlich noch ein paar halbherzige Zeitungsartikel, die Leute werden geschockt darüber sein, dass so etwas passiert und einen Tag später hat man es wieder vergessen.

Aber man sollte nicht vergessen. Man trauert nach und schimpft gleichzeitig wild darüber, was früher Schreckliches passiert war und schafft es gleichzeitig, sich im Hier und Jetzt gegenseitig zu tyrannisieren, ignorieren und an den Abgrund zu bringen. Man kann uns nicht mehr dafür verantwortlich machen, was Generationen vor uns Unsagbares getan haben, doch hierfür sehr wohl. Man sorgt sich ständig um Dinge, die längst weit weg sind oder vor langer Zeit passiert waren. Kann aber nicht erkennen, was direkt vor unseren Augen passiert.

Weg mit den Telefonen, weg mit den Ohrstöpseln! Seht und hört zu! Dies ist kein Mahnmal aus vergangener Zeit, dies ist jetzt. Live. Vor euren Füßen. Und Michael konnte seine Sicht sogar in Worte fassen. So wagt es nicht, um mich zu trauern, denn es ist nicht euer Verlust. Damit hat er auch recht. Es ist nicht unser Verlust. Es ist sein Verlust. Sein eigener und persönlicher. Jede Träne, die um ihn vergossen wird, hat etwas Verlogenes. Diese Tränen gelten nicht ihm, sondern einem selbst. Um sich selbst besser zu fühlen.

Man hatte 25 Jahre Zeit, um sich mit ihm zu beschäftigen. Hätte man das getan, wäre er vielleicht nicht gesprungen. Jetzt interessiert es ihn auch nicht mehr. Also wagt es nicht um ihn zu trauern.

Noch immer stand ich am Fenster, hatte nach wie vor Tränen in den Augen, doch ich verstand nun und wurde wütend. Es war ruhig geworden in der Wohnung, nur hin und wieder ging jemand umher. Mein Ziel war klar – der Zettel mit dem Satz. Er durfte nicht verschwinden in den Tiefen der Polizeiakten. Im erstbesten Moment schnappte ich ihn mir und steckte ihn ein. Nur eine Sekunde später war einer der Anzugträger vor mir.

»Sie können ruhig schon gehen«, meinte er, »oder sollen wir Sie nach Hause bringen?«
Nach Hause, das war gut.

»Nein, danke.«

»Bitte halten sie sich bereit falls wir weitere Fragen haben. Sollten Sie die Stadt verlassen, geben Sie bitte auch Bescheid.«

»Wie das? Werde ich nun verdächtigt?«

»Nicht direkt. Aber solange nicht geklärt ist, dass er tatsächlich gesprungen ist, sind Sie ein Fremder, der in seine Wohnung eingebrochen ist und Ihn als Selbstmörder beschuldigt hat.«
Das kam jetzt doch überraschend.

»Und was ist mit den beiden anderen Zeugen, die dabei waren als ich die Wohnung betreten habe?«

»Sie hatten genug Zeit, um den Schlüssel ins Schloss zu stecken, bevor die beiden da waren. Davor präparieren Sie die Wohnung, dass es nach Selbstmord aussieht.«

»Und warum sollte ich das bitte gemacht haben?«
Er lächelte etwas.

»Wenn ich das wüsste, würde ich Sie nicht gehen lassen.«
Na schön, dachte ich. So läuft das also. Die einfachste Lösung ist wohl immer die richtige.

Also ging ich das Treppenhaus hinunter, wieder über diese Brücke und traf nach einiger Zeit auf den Lieferwagen. Es war mir nicht nach schlafen, außerdem war die Nacht bald vorbei. Die Stadt wachte langsam auf und ich machte mich auf den Weg in Niks Firma. Noch war keiner dort, also parkte ich neben dem Tor, legte mich quer hin und blickte hoch in den Himmel. Die Gedanken in meinem Kopf taten weh. Für den Anfang versuchte ich, mich auf einen Gedanken zu konzentrieren, um herauszufinden, was mich beschäftigte. Schlafen würde ich sowieso nicht mehr können. Und schlief ein.

Es war kein guter Schlaf, doch immerhin konnte ich mich etwas ausruhen. Unruhig und durchzogen von Blitzen in Form von Gedanken, bis jemand ans Fenster klopfte. Ich erschrak und blickte in das fröhliche Gesicht von Nik.

»Guten Morgen, Schlafmütze!«, fing er an, bis er mir ins Gesicht sehen konnte.

»Was ist denn passiert? Du siehst aus, als ob etwas passiert wäre.«

Langsam kroch ich mit müden Knochen aus dem Lieferwagen und umriss die Nacht für Nik. Dieser war erschrocken und interessiert zugleich. Eigentlich hatte ich erwartet, dass noch ein schlauer Satz kommen würde, oder ein Kommentar. Wenigstens eine Kleinigkeit. Doch Nik kramte in der Hosentasche und zog einige Münzen hervor.

»Wenn du die Straße rechts hinunter gehst, ist dort ein Imbiss. Hol dir einen Kaffee. Lass dir Zeit, wir kümmern uns um dein Zeug.«

Seine Stimme sorgte für etwas Ruhe in meinem Kopf.

»Danke«, entgegnete ich, doch er schüttelte nur den Kopf.

»Mach dir keine Gedanken. Nimm alles mit, was du brauchst und dann mach dir keine Gedanken mehr. Deine Sachen sind sicher, kümmere dich um dich selbst.«

Noch ein guter Tipp. Ich sollte meine Brieftasche mitnehmen, mein Handy müsste ich auch endlich finden. In der Halle von Nik konnte ich den Schlaf noch etwas aus meinem Gesicht waschen und eine Küchenrolle diente als Handtuch. Nachdem ich etwas frischer war, wechselte ich noch meine Klamotten und endlich fühlte es sich tatsächlich wie ein neuer Tag an.

Ich trat aus der Halle raus, die Sonne strahlte in mein Gesicht. Meine Brieftasche, mein Handy, meine Schlüssel und den Zettel von Michael. Mehr hatte ich nicht dabei. Ich wusste auch nicht, wozu ich mehr brauchen würde und bald war ich im Imbiss an der Ecke. Es war etwas schmuddelig, doch ausreichend für den Moment. Überraschend klar im Kopf beobachtete ich Männer mit Schnauzern, mit hochgestellten Schildkappen und dicken Bäuchen. Sie gingen links und rechts am Fenster vorbei, viele von ihnen stiegen in LKWs, manche verschwanden in der Ferne auf der breiten Straße.

Es herrschte ein stetiges Kommen und Gehen, im Moment wirkte es ungemein beruhigend auf mich. Vielleicht auch nur, weil ich nichts mit all dem zu tun hatte. Ich war zwar hier, schlürfte an meinem Kaffee, nur irgendwie passte ich nicht hierher und somit war ich beinahe unsichtbar. Zumindest kam es mir so vor. Die Blicke der Männer waren kurz und kaum wertend.

Ein Vibrieren in der Hose riss mich aus meiner Ruhe. Das Telefon. Es war erst kurz nach sieben, die Nummer kannte ich nicht.

»Hallo?«

Es war ruhig. Nochmals fragte ich nach, etwas lauter, auch wenn ich das nicht mochte, wenn Menschen in Telefone schrien.

»Hallo?!«

»Guten Morgen. Ich hoffe ich habe Sie nicht geweckt. Hier ist Marie.«

Meinen Brustkorb zog es zusammen, meine Augen riss ich weit auf. Sie war es! Es war Marie! Etwas außer Atem vor Schreck und Freude hauchte ich so laut es ging in das Telefon, um sie nicht zu lange warten zu lassen.

»Ja, Marie! Freut mich von dir zu hören!«

»Es tut mir wirklich leid, dass ich mich zu so einer Zeit melde, meine Eltern sollen nichts davon mitbekommen. Sie lassen mich die letzten Tage kaum allein.«

Das war klar.

»Aber warum dürfen sie das nicht mitbekommen? Immerhin habe ich dich aus dem Wasser geholt.«

»Schon, natürlich«, begann sie weiter, »es fällt ihnen gerade schwer, mit dem umzugehen. Sie wissen nicht genau, welche Rolle sie dabei gespielt haben.«

»Also hast du ihnen nicht gesagt, was geschehen war?«

»Ich habe ihnen gesagt, was sie hören wollten. Aber sie glauben mir wohl nicht. Als wir ihren Namen und Nummer erhalten haben, wurde lange diskutiert. Sie suchen einen Schuldigen und sie waren der Erste auf der Liste. Ihre brave Tochter kann so etwas nicht machen.«

Ich verzog mein Gesicht. Man macht das Richtige und wird verdächtigt, das Falsche gemacht zu haben. Langsam wurde mir klar, warum die meisten Menschen nicht helfen wollen.

Warum sie weitergehen. Warum ich auch immer weitergegangen war. Man übernimmt Verantwortung für etwas. Vielleicht sogar für etwas, wovon man nie gehört, oder was man noch nie gesehen hat. Wie in meinem Fall – für Marie. Oder wie ihre Eltern glaubten, für ihren Sturz in den Fluss.

»Das ist aber nicht sehr nett.«

Es war das Beste, was mir auf die Schnelle eingefallen war.

»Aber deshalb rufe ich an. Sie sind bis Mittags weg. Wie wäre es mit einem Kaffee?«

Jetzt war ich froh, mich noch umgezogen zu haben.

»Jetzt?«

»Naja, in einer Stunde könnte ich in der Stadt sein. Wohin soll ich kommen?«

Meine Gedanken schweiften über die Stadtkarte, über die Brücke und blieben am kleinen Café hängen. Viel mehr kannte ich zugegeben auch nicht.

»Das kleine Café, wenn man von der Brücke kommt. Es auf der rechten Seite.«

»Auf der Westseite?«

»Genau.«

Danach gab es einen Moment Stille. Zuerst dachte, ich sie wolle noch etwas sagen, doch dann war ich mir nicht sicher, ob die Verbindung vielleicht abgebrochen war.

»Marie?«

»Ja?« antwortete sie als ob nichts gewesen wäre.

»Ich dachte du wärst weg.«

»Nein, ich bin immer noch da.«

Wieder war es einen Moment ruhig. Auch mir fiel nichts mehr ein, was ich sagen oder fragen könnte.

»Wissen sie - oder weißt du«, begann sie endlich, »es war schon komisch als wir uns auf der Brücke begegnet sind.«

Noch war ich nicht sicher, ob das gut oder schlecht gemeint war.

»Vielleicht weil ich mit meinem Gürtel am Geländer gehangen bin?«

»Ach ja!«, lachte sie los, »das habe ich schon fast vergessen.«

Zum Glück beruhigte sich ihr Lachen schneller als das letzte Mal, nachts auf der Brücke.

»Ich meine etwas anderes«, fuhr sie fort, »da war etwas, das mir so vertraut vorkam. Irgendwas in deinen Augen, in deiner Art. Du warst so verletzt und gleichzeitig irgendwie selbstlos.«

Ich verstand nicht genau, was sie mir sagen wollte. Scheinbar machte sie aus der Situation mehr als es war.

»Marie – da war nichts Selbstloses. Ich war zufällig da, du warst zufällig da und Dank mir wärst du beinahe in den Tod gefallen.«

»Ohne dich wäre ich in den Tod gesprungen. Warum auch immer du dort warst, warum auch immer ich dort war – es war nun mal so und es fühlt sich richtig an. Es fühlt sich endlich richtig an. Keine dieser halbherzigen Techniken, keine guten Ratschläge, oder was auch immer. Ich hatte immer Angst davor, was geschieht wenn man versteht, was in mir vorgeht. Wird man mich verurteilen? Wird man mich wegsperren? Du bist der erste Mensch, bei dem ich das Gefühl hatte, dass du mich wirklich siehst. Auch wenn das komisch klingt.«

Über diese Sätze musste ich etwas nachdenken. Es klang so naiv, so etwas konnte nur von jemandem wie ihr kommen. War sie etwa verknallt in mich? Beschäftigte sich jeder so oberflächlich mit ihr, dass es bisher nicht zu solch einer Situation kam? Was war das für ein Leben? Aber dennoch glaubte ich ihr nicht recht. Was will sie damit bezwecken? War es einfach die Extremsituation?

»Bist du noch da?«, fragte sie mit hoher Stimme.

»Ja, natürlich. Ich bin mir nur nicht sicher, was du mir sagen willst.«

»Wie geht es dir?«

»Was?«

»Wie es dir geht?«

Was, wie geht es mir? Was soll das denn nun? Ist das etwa, was sie mir sagen möchte? Wie es mir geht? Beschissen geht es mir, wenn ich wieder darüber nachdenken muss. Ich bin mitschuld an einem Tod, ich habe keine Wohnung, keinen

Job, kein Geld. Ich sitze in einem dreckigen Imbiss und telefoniere mit einer naiven Frau, die höchstwahrscheinlich auch noch depressiv ist. Aber das kann ich ihr schwer sagen.

»Nicht so gut.«

Solide Antwort. Nicht überragend, aber ausreichend.

»Aber dafür geht es mir besser«, meint sie und ich fühlte mich etwas an die Wand gestoßen.

Wollte sie sich jetzt mit mir vergleichen? Wollte sie mich damit aufheitern?

»Das ist schön«, fiel mir dazu ein.

»Ja, das ist es. Als es mir schlecht ging, trafen wir aufeinander und nun geht es mir besser. Du warst der Grund dafür. Also lass mich jetzt der Grund dafür sein, dass es dir bald wieder besser gehen wird. Einverstanden?«

Da musste ich eine Zeit lang innehalten. Ich sah sie förmlich vor mir, ihr Lächeln, ihre Grübchen auf den Wangen. Das war wirklich sie. Sie war tatsächlich so. Da war nichts Böses dahinter. Nichts Hinterhältiges. Das war nur in meinem Kopf, weil ich nicht glauben konnte, dass es einfach so war.

Wenn man es nicht gewohnt ist, dass man ohne weiteres nett zueinander ist, so kann man das offensichtlich auch verlernen. Und das hatte ich schon vor langer Zeit, wie es mir vor kam. Ich rannte weg vor den Menschen, die mir das Gefühl gaben, dass sie mich gern haben, oder sich für mich interessieren. Ich kehrte allem den Rücken, wenn es mir zu nett oder zu liebenswert vorkam.

Jemand will dir helfen? Nein danke, dann stehe ich wiederum in seiner Schuld. Aber wie dumm. Wie dumm ich doch war! Angst hatte ich und habe ich noch immer. Aber wovor? Davor, verletzt zu werden? Mal falsch zu liegen?

Nein – Angst vor dem Leben! Angst, ein Risiko einzugehen.
Zu lieben, wenn es der Moment gerade hergibt. Warum
auch nicht?

Du hast ein einziges Leben, eine einzige Chance und dann
vergräbt man dich irgendwo knietief und das war es dann.
Also hör auf, dir Gedanken zu machen, geh ihr entgegen
und schau zu, was passiert. Du bist bereits am Boden – also
wen kümmert es?
        »Weißt du, Marie, das hört sich sehr gut an für
mich.«
Meine Stimme dürfte etwas zittrig gewesen sein. Es brauchte
etwas Überwindung, doch ich schaffte es.
        »Das freut mich. Und ich freue mich auch, dich
bald zu sehen. Sogar schon in einer Stunde.«
Das Lächeln in meinem Gesicht hätte man auch mit Gewalt
nicht wegbekommen. Ich freute mich. Ich freute mich so
gewaltig, so ein Gefühl hatte ich schon lange nicht mehr
gefühlt.
        »Ich zähle die Minuten«, entgegnete ich und war
selber über meine charmante Antwort überrascht. Nach
einem kurzen Lachen und einem 'Bis gleich' legte sie auf.
Nun saß ich wie Gott in Frankreich vor meinem Kaffee und
strahlte regelrecht.

Die Blicke der Männer umher wurden länger – sogar sie
entdeckten eine Veränderung, oder waren sie einfach nur
neidisch darauf, dass ich um sieben Uhr morgens in einem
Imbiss hockte und lachte, als ob ich gerade im Lotto
gewonnen hätte. So weit war das von der Wahrheit auch
nicht entfernt.

Nachdem ich nur noch eine Stunde hatte, beeilte ich mich, um keinesfalls zu spät zu sein. Meine Uhr sagte mir, dass es gegen 8:15 soweit sein sollte.

Den Bus nahm ich um 7:27, dieser brachte mich aus dem Industriegebiet raus zur nächsten U-Bahn.

Marie machte sich fertig und verließ etwa zur selben Zeit das Haus. Eigentlich wollte sie auch den Bus nehmen. Als ein Taxi vorbei kam, entschied sie sich anders.

Als ich endlich in der U-Bahn war, war es schon beinahe acht. Zu der Zeit war Marie bereits angekommen und suchte einen schönen Platz vor dem Café.

Fast war ich da, nur mehr ein paar hundert Meter. Vor der Hauptstraße bremste ich abrupt ab und drehte mich in Richtung einer Floristin, die gerade Blumen vorbereitete. Ich kaufte einen zarten Strauß. Nur einige Blumen, die meiner Meinung nach waren wie Marie: graziös und wunderschön.

Marie wurde gerade vom Kellner angesprochen, ob sie etwas bestellen möchte. Sie vertröstete ihn um ein paar Minuten, da sie noch auf mich warten wollte. Er brachte ihr dennoch einen Krug mit Wasser und zwei Gläser.

Gerade kam ich in die Hauptstraße zurück, die Fußgängerampel war rot und ich nutzte die Zeit, um mein Äußeres noch etwas zu verbessern was ohne Spiegel recht knifflig war.

Ich war richtig nervös und freute mich. Ich freute mich wirklich! In meinem Kopf sah ich sie schon vor dem Café sitzen, wie sie auf mich wartete und mich von weitem schon erkennen würde. Wir würden reden und haben Spaß haben. Wir würden lachen und bereits nach dem ersten Kennenlernen würden wir es kaum erwarten können, uns wiederzusehen.

Als neben mir jemand über die Straße flitzt, gehe ich auch los – nach wie vor in Gedanken. Mein Blick war auf die Blumen gerichtet, die Ampel auf Rot.

Ich erinnere mich nur an ein dumpfes Geräusch und ein Brennen am linken Ohr. Als ich die Augen wieder öffnete, lag ich seitlich am Asphalt und blickte zurück auf den Zebrastreifen, den ich eigentlich entlang gehen wollte. Dahinter war ein LKW mit eingeschalteter Warnblinkanlage, ein dicker Herr mit Schnauzer stand daneben und wusste nicht, was er tun sollte. Immer mehr Menschen kamen dazu, nicht jeden konnte ich sehen. Einige Meter entfernt lagen die Blumen am Boden. Sie hatten etwas Blut abbekommen und waren zerstreut. Überhaupt war da überraschend viel Blut. Anscheinend hatte mich der Aufprall stark verletzt. Es wurde auch schnell kalt. Ich versuchte zu schlucken, doch es war gerade so, als ob das nicht mehr möglich wäre. Wahrscheinlich hatte ich das Loch gefunden, das mich ausbluten ließ.

Marie saß am Tisch, trank einen Schluck Wasser, während ich in meinem eigenen Blut ertrank. Ich wurde müde und stellte mir vor, wie sie vor dem Café sitzt und wartet. Wie sie auf die Uhr sieht und irgendwann enttäuscht nach Hause gehen würde. Ich sehe sie genau vor mir. Weit weg sind Sirenen zu hören, auch Marie hat sie bemerkt und sich nicht viel dabei gedacht.

Ich fragte mich, wann sie erfahren würde, was mit mir geschehen war. Heute? Morgen? Ich fragte mich, wie es meiner Mutter ging. Was war mit meinem Bruder und seiner Familie? Mit Mikka, mit Erich und Cassy, mit Nik und… es stach in der Brust und meinen ganzen Körper schüttelte es für einen Moment. Es gluckste an meinem Hals. Kein gutes Zeichen.

Ich fragte mich, was meine letzten Gedanken sein sollten. Muss es etwas Großes sein oder einfach irgendwas? Die Enttäuschung, dass ich Marie nie mehr wiedersehen würde? Die Enttäuschung, so kurz davor doch noch niedergestreckt zu werden?

Das Leben ist schon eigenartig.

Bald würde ich wissen, was hinter den ganzen Religionen steckt oder es würde einfach dunkel und das war es dann. Dann dachte ich an Michael und ob wir uns bald wiedersehen würden.

Vielleicht kann ich ihn fragen, warum er es getan hat. Mit ihm wirklich reden, ihn kennenlernen, wie er es verdient hätte, als er noch gelebt hat. Ich versuchte den genauen Wortlaut seines Satzes wieder in meinen Kopf zu rufen, doch ich schaffte es nicht mehr. Ein Gedanke war da noch, der mir im Kopf herumflatterte. Es war der Gedanke von damals, als ich beinahe vom Bus überfahren wurde. Genauer ging es um ein Wort: „Lebensmüde".

Wenn man müde geworden ist, zu leben. Wenn es keinen Unterschied mehr macht, ob man lebt oder ob man tot ist. Es gibt scheinbar viele Dinge die ich bereue, jetzt wo ich am

Asphalt liege und auf den Tod warte. Vieles hätte ich anders machen wollen und sollen, viele Chancen hätte ich ergreifen müssen und viel mehr Mädchen küssen, sowieso.

Wann habe ich vergessen, wie man lebt? Wie nur, wie konnte es soweit kommen, dass ich darüber nachgedacht habe, mich umzubringen? Und man möchte fast sagen: typisch Mann! Nun, wo ich es nicht mehr haben kann, möchte ich es haben. Leben.

Ich will leben! Ich will nicht in das große, letzte Mysterium vor all den anderen gehen müssen. Warum jetzt? Ich will leben! Ich will leben! Ich will Marie küssen! Ich will die Sonne spüren! Ich will nackt in einen See springen! Ich will meinen Traumberuf finden und kündigen, weil ich lieber mit meinen Kindern zum Campen gehen!

Ich will mit Freunden im Garten sitzen und mich über den neuen Griller unterhalten! Ich will mit dem Auto in den Sonnenuntergang fahren und meine Hand im Fahrtwind schweben lassen! Ich will hunderte von Euro ausgeben für einen Blödsinn! Ich will meine Mutter zum Geburtstag überraschen! Ich will ein Haus kaufen, indem ich in Würde alt und grau werde! Ich will einen Hund, der sich jeden Tag freut, wenn ich um die Ecke biege! Ich will jeden Tag neben meiner Frau einschlafen, aufwachen und irgendwann neben ihr begraben werden.

Doch nichts davon wird geschehen.
Meine Chancen waren nun aufgebraucht.

Zu guter Letzt war mir noch eines klar geworden. Ob man gelebt hat oder nicht, mag für die weite Welt nicht immer einen Unterschied gemacht haben. Doch wenn man sich bemüht, zumindest für Jemanden.

Das war in etwa der Moment, als ein Zettel an Marie's Bein geweht wurde. Als ich mich umgezogen habe, nahm ich auch den Zettel von Michael mit und irgendwann im Zuge des Unfalls muss er mir aus der Tasche geflattert sein.

Es war mir wichtig, dass man die Geschichte dahinter weitererzählen würde. Doch das lag nun in Maries Händen. Sie hob ihn hoch und las, was Michael uns hinterlassen hatte. Womöglich findet sie eines Tages heraus, worum es dabei ging und kann die Worte weiter in die Welt hinaus tragen.

Der Notarzt kniete vor mir, vorsichtig versuchte er die Blutung zu stillen, doch schon beim Anblick der Blutlache war er verwundert, dass ich überhaupt noch bei Bewusstsein war.
»Können Sie mich verstehen?«, fragte er mich. Natürlich, wollte ich sagen. Wir sprechen dieselbe Sprache. Doch das tat ich nicht. Ich konnte nicht mehr.

Meine Gedanken waren dahin, ich glitt davon und meine letzten Worte kamen von irgendwo aus meinem Kopf und waren sehr, sehr leise.
»Im Norden hat es wohl geregnet.«